Das Buch

»Rom bietet noch weit mehr Geheimnisse, als man ge-
meinhin ahnt«, weiß Herbert Rosendorfer spätestens, seit
sein Fiat Panda bei abgeschaltetem Motor in der Nähe des
römischen Anti-Newton-Instituts bergauf rollte. Wer
versteht nicht seine ahnungsvolle, inzwischen, nach kaum
vierhundert Jahren, fast geklärte Frage: »Haben sie im
Heiligen Offizium immer noch Angst vor Galileo Galilei?« Acht Mitteilungen aus Rom: poetische Geschichten,
verzwickt, verzwirbelt, skurril, gebildet und phantasie-
voll. Rosendorfer weiß, was seine Leser erwarten. »Die
glatteste Sache schlägt plötzlich Lachfalten. Reales kommt
ins Stolpern«, schreibt Armin Eichholz in der ›Welt‹. »Ob
hier der Amtsrichter Rosendorfer den Erzähler ablenkt,
der den Faktensammler und der den Rom-trunkenen
Schwärmer? Nein, sie halten einander wunderlich in
Schach – und die Stadt gehört ihnen, wenigstens für eine
Weile.«

Der Autor

Herbert Rosendorfer wurde am 19. Februar 1934 in Bozen
geboren, studierte an der Akademie der Bildenden Künste
in München und später Jura. Er war Gerichtsassessor in
Bayreuth, dann Staatsanwalt und ist seit 1967 Richter in
München. Einige Werke: ›Der Ruinenbaumeister‹ (1969),
›Deutsche Suite‹ (1972), ›Stephanie und das vorige Leben‹
(1977), ›Das Messingherz‹ (1979), ›Ballmanns Leiden‹
(1981), ›Briefe in die chinesische Vergangenheit‹ (1983),
›Vier Jahreszeiten im Yrwental‹ (1986), ›Die Nacht der
Amazonen‹ (1989), ›Die G̶o̶l̶d̶e̶n̶e̶ ̶H̶e̶i̶l̶i̶g̶e̶ ̶o̶d̶e̶r̶ ̶C̶o̶l̶
bus entdeckt Europa‹ (199

Herbert Rosendorfer:
Mitteilungen aus dem poetischen Chaos
Römische Geschichten

Deutscher
Taschenbuch
Verlag

Von Herbert Rosendorfer
sind im Deutschen Taschenbuch Verlag erschienen:
Das Zwergenschloß (10310)
Vorstadt-Miniaturen (10354)
Briefe in die chinesische Vergangenheit (10541;
auch als dtv großdruck 25044)
Stephanie und das vorige Leben (10895)
Königlich bayerisches Sportbrevier (10954)
Die Frau seines Lebens (10987;
auch als dtv großdruck 25068)
Ball bei Thod (11077)
Vier Jahreszeiten im Yrwental (11145)
Eichkatzelried (11247)
Das Messingherz (11292)
Bayreuth für Anfänger (11386)
Der Ruinenbaumeister (11391)
Der Prinz von Homburg (11448)
Ballmanns Leiden (11486)
Die Nacht der Amazonen (11544)
Herkulesbad. Skaumo (11616)
Über das Küssen der Erde (11649)

Ungekürzte Ausgabe
Mai 1993
Deutscher Taschenbuch Verlag GmbH & Co. KG,
München
© 1991 Verlag Kiepenheuer & Witsch, Köln
ISBN 3-462-02098-6
Umschlagtypographie: Celestino Piatti
Umschlagbild: Michael Keller
Satz: IBV Satz- und Datentechnik, Berlin
Druck und Bindung: C. H. Beck'sche Buchdruckerei,
Nördlingen
Printed in Germany · ISBN 3-423-11689-7

Für meinen Sohn Sebastian

Inhalt

Dinslaken oder wie ich Dr. Kappa kennenlernte . . .   9
Se Cristo Vedisse   23
Mithras   39
David in Rom   58
Das Anti-Newton-Institut   75
Titusbogen. Ein Künstler-Roman   84
Gelzers Pferd   114
Ein Vortrag über Eugenio Montale   124

Dinslaken oder wie ich Dr. Kappa kennenlernte

Man kann gegen die römisch-katholische Kirche viel einwenden, aber eins müssen ihr sogar ihre schärfsten Kritiker lassen: Feste feiern kann sie.

Ein solches Fest ist *Peter und Paul* am 29. Juni, der Namenstag der beiden Apostelfürsten, und an einem Peter- und Pauls-Tag habe ich Dr. Kappa kennengelernt. Genauer gesagt: anläßlich eines solchen Peter- und Pauls-Festes ein oder zwei Tage vorher. Voraus ging erstens meine – ich bin mir im klaren darüber: nicht sehr originelle, weil mit hunderttausenden Nordländern geteilte – Passion für die Stadt Rom, die mich schon einige Male hierhergeführt hatte, und zweitens eine Annonce in einer Zeitung: Exklusive Rom-Reise zur Papstmesse mit Herbert von Karajan, der die *Krönungsmesse* von Mozart in der Peterskirche dirigiert, dazu dies und jenes an Stadtrundfahrten und – und damit kam das, was mich am meisten elektrisierte – die seltene Gelegenheit, die Cappella Paolina zu besichtigen.

Ich halte Michelangelo für eines der größten Genies, die die Welt je hervorgebracht hat. Auch das ist nicht sehr originell, aber immerhin kann ich das formale Programm der Sixtinischen Deckengemälde so erklären, daß schon manchem die Tränen der Rührung gekommen sind. Ich gehe dabei von den beiden kaum beachteten blauen Streifen jeweils am Anfang und am Ende des Zyklus aus... nein – es würde hier zu weit führen, außerdem räume ich ein, daß die Idee zum Aufrollen des komplizierten Programms von diesen beiden blauen Streifen aus nicht von mir stammt, sondern von Hans Sedlmayr. Ich kürze also ab: Michelangelo, eines der größten Genies auf dem Gebiete der bildenden Kunst, das je gelebt hat.

Ich glaube, daß ich von seinen Hauptwerken, die in Florenz, Mailand, Brügge, Wien, Paris und eben hier in Rom stehen oder aufbewahrt werden, fast alle gesehen habe, und dazu viele von seinen kleineren Arbeiten. Immer wieder aber hat es mich zu den beiden großen, in ihrer Größe so unterschiedlichen Fresken hingezogen, eben in die Sixtinische Kapelle: zum Schöpfungszyklus an der Decke und zu dem fünfundzwanzig Jahre später gemalten Jüngsten Gericht an der Stirnwand des Raumes. Aus Abbildungen jedoch habe ich gewußt, daß es zwei noch spätere großflächige Wandgemälde gibt: die »Bekehrung Pauli« und die »Kreuzigung Petri«, die der fünfundsiebzigjährige Meister 1550 vollendet hat; die letzten Malereien Michelangelos, danach hat er sich fast nur noch mit Architektur befaßt. So viele Tausende von Besuchern aber haben die Sixtinische Kapelle und die dortigen Fresken besichtigt, die beiden anderen Bilder sieht kaum jemand – nur der Papst jeden Tag um fünf Uhr früh. Die »Bekehrung Pauli« ist nämlich auf die eine, die »Kreuzigung Petri« auf die andere Seitenwand der Cappella Paolina gemalt, und die Cappella Paolina gehört zu dem Teil des Vatican-Palastes, der für Besucher normalerweise nicht zugänglich ist.

So also traf ich Dr. Kappa. Er erwartete die Reisegruppe, zu der auch ich gehörte, am Flughafen Leonardo da Vinci. Fremdenführer sind für mich Schreckgespenster. Fremdenführer vernageln in der Regel das, wozu sie führen, mit Brettern aus Gleichgültigkeit. Fremdenführer sagen in der Regel falsche Jahreszahlen her. Fremdenführer bringen die Liste der Päpste hoffnungslos durcheinander. Fremdenführer haben keine Ahnung von der komplizierten Genealogie des julisch-claudischen Hauses, und Fremdenführer kennen nicht den Unterschied zwischen opus quadratum und opus reticulatum. Als ich den mir natürlich noch völlig unbekannten Dr. Kappa erblickte (»...in der Ewigen Stadt werden Sie von einem erfahrenen Fremdenführer erwartet, der Ihnen die Schönheiten der Stadt nahebringen wird...«), stellten sich mir also, allerdings wohl nur im übertragenen Sinn, die Haare auf. Ich war fest entschlossen, auch nicht ein Wort von dem zu glauben, was dieser

»erfahrene Fremdenführer« plauderte, ich war dafür gewappnet, bei jeder sich bietenden Gelegenheit zu widersprechen, Jahreszahlen zu korrigieren und ihn vor allem durch tückische Fragen aus seinem, wie ich als gesichert annahm, auswendiggelernten Konzept zu bringen. Nachdem Dr. Kappa die ersten paar Sätze gesprochen hatte, war von allen diesen Vorsätzen keine Rede mehr, und ich hing, wie man so sagt, geistig von da ab an seinen Lippen. Er ist aber auch erstens überhaupt kein Fremdenführer, sondern gelernter Archäologe, der in Rom lebt und die Stütze eines feinen Pilger- und Bildungsreiseunternehmens ist, im Hauptfach Ägyptologe, und zweitens ist er ein Fremdenführer, wie man sonst keinen findet. Er verwechselt keinen einzigen Papst mit einem anderen, die Genealogie des julisch-claudischen Hauses ist ihm bis in alle Verästelungen hinein geläufig, selbst die Daten aller Früh- und Fehlgeburten, die schon leicht ins Gynäkologische hinüber schillern..., von Jahreszahlen gar nicht erst zu reden, und dumme oder tückische Fragen hätten ihn nicht aus der Fassung bringen können, weil er da schlichtweg geantwortet hätte: »das weiß ich nicht«, oder »da muß ich daheim erst nachschauen«. Aber ich stellte gar keine tückischen Fragen, nur hie und da ganz leise erlaubte ich mir eine wirkliche Frage, und es muß wohl das gewesen sein, woran Dr. Kappa erkannte, daß ich mich für Rom ehrlich interessierte. Er zeichnete mich dadurch aus, daß ich ab und zu auf die Gruppe stellvertretend aufpassen durfte, während er die Billetts kaufen ging, er zeichnete mich weiter dadurch aus, daß er mir vor der einen Besichtigungstour (»– das geistliche Rom oder, wie wir auch zu sagen pflegen: Roma sacra –«) zuflüsterte: »Das ist nichts für Sie. Das kennen Sie alles. Gehen Sie lieber ins Museo Barracco, das Sie vielleicht nicht kennen.« Natürlich kannte ich das Museo Barracco damals nicht; jetzt schon: die wohl einzige geschlossen erhaltene feine Sammlung eines reichen römischen Privatmannes. Und dann zeichnete er mich dadurch aus, daß er den mürrischen Kellner des Hotels anwies, mir anstatt des üblichen überbrühten Maikäfer-Sudes einen Espresso zu servieren.

Die beiden Freskenwelten, die Michelangelo im Abstand von fünfundzwanzig Jahren für die Cappella Sistina geschaffen hat, sind in ihrer Großartigkeit so verschieden voneinander, wie sie nur sein können: die Schöpfungsgeschichte als der Anfang der Welt ist ein intellektueller Bilderzyklus, eine spannende Erzählung, das Jüngste Gericht, also das Ende der Welt, ist ein einziger Schlag, die Größe der Einfachheit. Für die Schöpfungsgeschichte hat Michelangelo die Decke in eine unglaublich komplizierte Abfolge von Schein-Räumen aufgesplittert, in die das Bildprogramm eingespannt ist, für das Jüngste Gericht ist der unendliche Raum in die Fläche gezwungen und zerbricht sie.

»Ach, Unsinn«, sagte Michelangelo zu mir, als wir später im Caffè Greco saßen, »es sind ein paar gute Bilder, weiter nichts.«

Nein, ich saß selbstverständlich nicht mit Michelangelo im Caffè Greco, aber wenn ich dort mit ihm gesessen wäre, hätte ich gehofft, daß nicht die Rede auf den Petrus und den Paulus in der Cappella Paolina käme. Wahrscheinlich verstehe ich sie nur nicht, diese beiden Alterswerke. Oder man steht zu nahe davor, wenn man sie betrachtet: sie sind nicht so hoch oben wie die Schöpfungsgeschichte, ziehen sich nicht so hoch hinauf wie das Jüngste Gericht. Vielleicht enthüllt sich das Geheimnis dieser beiden Bilder erst, wenn man sich lang und oft und tief in sie versenkt. Vielleicht versteht sie der Papst, der jeden Tag um fünf Uhr in der Früh in der Cappella Paolina kniet. Vielleicht hat Michelangelo die Bilder so gemalt, daß man sie nur um fünf Uhr in der Früh versteht. Aber froh, sie gesehen zu haben, war ich natürlich doch, wenn es auch nur gegen elf Uhr vormittags war.

Der Tag war von Dr. Kappa sorgfältig und sinnreich geplant, er hat viel Erfahrung in solchen Dingen. Nach der

Besichtigung der Cappella Paolina versammelte er die exklusive Rom-Reise-Gruppe um sich, der anzugehören ich die Ehre hatte, und erklärte den Ablauf: die Papst-Messe, bei der Karajan die Krönungs-Messe dirigiere, beginne um sechs Uhr und dauere alles in allem eineinhalb Stunden. Danach sei ein luxuriöses Abendessen in der Villa Miani auf dem Monte Mario vorgesehen. Ein Erzbischof sei anwesend.

»Hoffentlich«, sagte die Gattin eines Dermatologen aus Lüdenscheid, »ist zwischen der Papstmesse und dem Abendessen mit dem Erzbischof Zeit, daß man sich umziehen kann?« »Leider nein«, sagte Dr. Kappa, »aber das ist alles nicht so wild in Rom. Sie können auch in Jeans kommen.«

»Aber wir haben extra den Smoking für meinen Mann eingepackt«, sagte die Gattin eines Grundstücksmaklers aus Amberg in der Oberpfalz. »Einen Smoking trägt man in Rom höchstens zur Operneröffnung, und dann auch nur, wenn man in einer der ersten drei Reihen sitzt.«

»Das ist ganz einfach«, sagte die Grundstücksmaklersgattin, »dann zieht mein Mann eben den Smoking schon zur Papstmesse an. Das ist zwar vielleicht etwas overdressed, aber der Papst wird daran ja wohl keinen Anstoß nehmen.«

»Nein«, sagte Dr. Kappa, »sicher nicht, aber sehr gut finde ich das nicht. Wir haben *Juni.*«

»Ja? Und?«

»Ihr Mann wird im Smoking von vier Uhr bis halb sechs Uhr auf dem Petersplatz stehen müssen. Im Juni. Das kann *warm* werden, milde ausgedrückt.«

»Ogottogott«, sagte die Dermatologengattin, »und was mache ich denn in meinem Chinchilla?«

»Warum in aller Welt müssen wir schon um vier Uhr auf dem Petersplatz sein?«

»Sie werden sehen«, sagte Dr. Kappa.

Für die Papstmesse braucht man Eintrittskarten. Die Eintrittskarten kosten nichts, man muß nur wissen, wo man sie bekommt. (Dr. Kappa weiß das selbstverständlich.) Weil die Eintrittskarten nichts kosten, sind sie auch nicht numeriert. Die Sonne brannte auf den Petersplatz. Um vier Uhr nachmittags am 29. Juni, also kurz nach der sommerlichen Tag- und Nachtgleiche, steht sie um die Zeit noch fast senkrecht. Dr. Kappa verteilte leichte gelbe Stoffmützen an seine Reisegruppe. Die Carabinieri standen ungerührt, weiter hinten die Schweizergarde in Feiertagsuniform, also mit Silberhelm und Federbusch.

»Der Petersplatz«, erzählte Dr. Kappa, um die Wartezeit etwas abzukürzen, »ist ein staatsrechtliches Unicum. Er gehört nicht zu Italien, sondern zum Vaticanstaat. Die Grenze bildet die gedachte Linie, die das Oval der Bernini-Colonnaden schließt. Der Vaticanstaat hat, wie jeder Staat, eine eigene Polizeihoheit, die übt er mittels der Schweizer Garde aus: nicht aber auf dem Petersplatz. Auf dem Petersplatz haben die Carabinieri die Polizeigewalt. So ist der Vatican der einzige Staat auf der Welt, der eine ausländische Polizei auf dem eigenen Staatsgebiet duldet.«

»Sehr interessant«, stöhnte ein Röntgenologe aus Dinslaken, »wenn es nicht so heiß wäre.«

»Deswegen«, erklärte Dr. Kappa weiter, »sehen Sie hier auf dem Petersplatz italienische Carabinieri, die Polizeigewalt der Schweizergardisten beginnt erst im Porticus der Basilica.«

»Die Carabinieri schwitzen offenbar nicht«, sagte die Röntgenologengattin.

Die Carabinieri, ohne Zweifel die schönsten Polizisten der Welt, schritten in voller Uniform, mit Troddeln und Säbel behängt, in schweres Tuch gehüllt, auf und ab. Die weißen Hemdkrägen wiesen nicht den geringsten Flecken schwitzender Verfärbung auf, und kein Tropfen zeigte sich auf den vom Zweispitz überwölbten Stirnen. Es war, als dringe die Hitze nicht bis zu den Carabinieri vor.

»Die Männer«, sagte eine reifere Chefsekretärin, »haben es in diesem Fall ausnahmsweise einmal schwerer.« Sie nahm ihre gelbe Mütze ab und fächelte sich Luft zu. »In

Hemd und Kragen und Weste und Smoking. Wir können –«, sie kicherte, »– also *ich* wenigstens habe es mir unter meinem Kleid luftig gemacht.«

»Luftig?« fragte die Röntgenologenfrau.

»*Sehr* luftig«, sagte die Chefsekretärin.

»Und das bei einer Papstmesse«, zischte die Röntgenologenfrau ihrem Mann zu.

»Laß sie«, stöhnte der Röntgenologe, »vielleicht ist sie nicht katholisch.«

Obwohl wir um vier Uhr dagewesen waren, waren wir nicht die ersten, aber doch ziemlich weit vorn. Um viertel nach vier hatte sich der Platz bis weit hinter die Staatsgrenze des Vaticans gefüllt. Vor uns war die Absperrung aus den dicken, groben, grau gestrichenen Balkengittern.

Ich habe seitdem viel über Rom gelesen, aber ich kann mich nicht erinnern, daß sich irgend jemand über diese groben, grau gestrichenen Balkengitter des Petersplatzes Gedanken gemacht hätte, obwohl es, meine ich, lohnend wäre. Nicht der Papst ist in meinen Augen das Wahrzeichen des Vatican, nicht die Peterskuppel, nicht der Obelisk, nicht die Colonnaden des Bernini sind es, sondern die groben, grau gestrichenen Balkengitter. Sie bestehen aus länglichen Elementen, die in verschiedenster Weise zu Zäunen zusammengefügt werden können. Man kann sie so aufstellen, daß der ganze Petersplatz in kleine Quadrate aufgeteilt ist, man kann breitere oder weniger breite Gassen der Länge oder der Quere nach schaffen, und man kann Teile des Platzes nach beliebigen geometrischen Figuren absperren. Manchmal stehen die groben, grau gestrichenen Elemente der Balkengitter noch aufgeräumt und geschichtet in einer Ecke hinter den Colonnaden. (Seltsamerweise ist der Zwickel hinter den rechten Colonnaden bis zur Mauer nicht vaticanisches, sondern italienisches Staatsgebiet. Dennoch befindet sich dort eine Zweigstelle der Vaticanpost und auch eine öffentliche Bedürfnisanstalt, deren staatsrechtliche Stellung wahrscheinlich unlösbare Probleme aufwerfen würde, wenn man anfinge,

15

darüber nachzudenken.) Die Balkengitter waren, wenn sie nicht aufgeräumt waren, noch jedesmal in einer anderen geometrischen Anordnung aufgestellt, so oft ich auch den Petersplatz besucht habe. Die Zahl der Möglichkeiten der Anordnung dieser Balkengitter dürfte ein weiteres ungelöstes Problem sein, diesmal ein mathematisches, zumal wenn man bedenkt, daß manchmal der Zaun bis ganz vorn auf die Schräge vor der Treppe ausgreift und sich manchmal bis ganz nach hinten hinter den Obelisken und die Brunnen zurückzieht. Ob der Gitterzaun einer geheimen Gesetzlichkeit gehorcht? Oder ob ein verspielter Protonotar der *Prefettura della Casa Pontificia* seinen Hang zur Chaosforschung hier auslebt? Prof. P., mit dem ich oft in Rom war und der Naturwissenschaftler ist, vermutet allerdings, daß hinter der Sache mit den groben, grau gestrichenen Balkengittern ein Mysterium ganz anderer Art steckt: die Zahl der Möglichkeiten zur geometrischen Anordnung ist zwar sehr hoch, aber nicht unendlich. Jedesmal wird eine *andere* Möglichkeit gewählt, eine Möglichkeit, die noch nie verwendet worden ist und dann auch nie mehr verwendet werden wird. Erst wenn alle Möglichkeiten erschöpft sind: dann und erst dann geht die Welt unter.

Es sei dem, wie ihm wolle, die groben, grau gestrichenen Balkengitter standen in kunstvoller Anordnung und drängten den immer mehr anschwellenden Besucherstrom zurück. *Ich* hatte mich Dr. Kappas würdig gezeigt und mich in einen leichten Leinenanzug gehüllt, und so schwitzte ich so wenig wie die Carabinieri dort, die immer noch würdig auf und ab schritten. Aber der Apotheker aus Wuppertal schwitzte, die Chefsekretärin zog ihre Schuhe aus und kicherte: wenn man die Halskette nicht zähle, so habe sie mit ihrem leichten Sommerkleid jetzt nur noch *ein* einziges Kleidungsstück an, die Dermatologengattin fächelte sich mit ihrem Chinchilla Kühlung zu, und der Röntgenologe aus Dinslaken sagte: »Wenn ich *das* gewußt hätte, hätten mich keine zehn Pferde hergebracht.«

Gegen fünf Uhr wurden wir eingelassen. Die Strategie Dr. Kappas bewährte sich. Wir bekamen günstige Plätze, und die Gemüter beruhigten sich etwas, weil in der Peterskirche Schatten herrschte und einigermaßen Kühle. Nun galt es aber, eine Stunde zu warten. »Wie ich den Laden hier inzwischen einschätze«, flüsterte der Dinslakener Röntgenologe, »dann sehen die es hier nicht gern, wenn man eine Zigarette raucht.« »Bist du wahnsinnig?« zischte die Gattin. Ich war für diesen Ernstfall gewappnet. Ich zog aus der Innentasche meiner Leinenjacke einen Band Gregorovius ›Geschichte der Stadt Rom im Mittelalter‹, in der handlichen Taschenbuchausgabe. Am 5. Mai 1874, zwei Jahre nach dem Erscheinen, wurde das Werk auf den Index gesetzt, und auch im Index von 1930 ist es noch unter den verbotenen Büchern verzeichnet, ein Werk, das selbst das katholische ›Lexikon für Theologie und Kirche‹ als »bis heute nicht ersetzt« und als »ein literarisches Kunstwerk« bezeichnet. Vier Nummern weiter, im ›Index librorum prohibitorum‹, ist eine Kuriosität verzeichnet: Wenzel Grillparzer ›Von der Appellation an den römischen Stuhl‹, welches Buch 1787 indiziert wurde. Es ist die Doktor-Dissertation von Grillparzers Vater. Aber, wie gesagt, ich las nicht Papa Grillparzers Dissertation, sondern den Gregorovius. Zunächst befremdet einen immer die Betulichkeit Gregorovius', aber nach wenigen Absätzen ist man von der Ehrlichkeit und Gründlichkeit gefesselt. Sicher hat Gregorovius die Geschichte der Päpste, die natürlich in die Geschichte der Stadt Rom unlösbar verwoben ist, von einem protestantischen Blickwinkel aus betrachtet, und auch deutschnationale Züge sind unübersehbar, aber in erster Linie war Gregorovius ebenso unübersehbar um historische Wahrheit bemüht. Die Monsignori der Index-Commission haben das Bemühen jedoch übersehen. Die Kirche verträgt offenbar die Wahrheit nicht. Wirklich richtig katholisch werde ich erst, wenn erstens Gregorovius' Werke aus dem Index gestrichen und zweitens er selber zumindest seliggesprochen wird. Aber das dauert wohl noch eine Weile. Immerhin ist es ein guter Anfang, daß das Weihwasserbecken nicht aufgezischt hat, als ich daneben den Gregorovius herausgezogen und mich in ihn vertieft habe.

Die anderen schauten in die Luft. Der Röntgenologe rauchte im Geist Zigaretten. Die hauchdünn bekleidete Chefsekretärin, die inzwischen ihre Schuhe wieder angezogen hatte, blätterte aus Verlegenheit in dem broschierten Gebetbuch, das man mit der Eintrittskarte bekommen hatte. Die Dermatologenfrau zählte vielleicht die Haare ihres Chinchilla.

Kurz vor sechs Uhr flammte der elektrische Lichterkranz auf, der hoch oben über das ganze Gesims läuft. Ein Raunen rauschte auf. Dann kam der Papst – Papst Wojtila, Johannes Paul II. –, ging den Mittelgang nach vorn, weniger als einen Meter von mir entfernt, durch eine hüfthohe Balustrade von mir und dem Volk getrennt. Er blieb stehen, schaute zu mir her, holte mit seinem Kreuzstock aus und schlug mir den Gregorovius aus der Hand. »Diabolus pfui!« schrie er und drohte mir mit dem Finger. Ein Schweizergardist spießte das Buch, das im weiten Bogen – ich nehme an, der Papst hat Übung in solchen Dingen – davongeflogen war, auf seine Hellebarde und trug es, die Schweizergardenase rümpfend, hinaus. Noch einmal, wenn er mich erwische, sagte der Papst, dann müsse ich zweitausendmal lateinisch den Satz schreiben: »Ich darf keine indizierten Bücher lesen, schon gar nicht in der Peterskirche.«

Nein. Das ist natürlich alles nicht wahr, denn ich steckte sofort zur Vorsicht den Gregorovius weg, als die Lichter aufflammten, und nahm das broschierte Gebetheft zur Hand. Der Papst kam auch nicht so einfach daher. Zwar sind die Zeiten vorbei, wo der Pontifex Maximus auf einer Sänfte durch das Kirchenschiff getragen und mit Straußenfederfächern bewedelt wurde wie noch Pius XII. (leider! vielleicht sind die Schwierigkeiten der Kirche darauf zurückzuführen, daß sie sich nicht mehr zu ihrer eigenen Gloriole bekennt), und der Papst trägt auch keine edelsteinbestickten Pantoffeln mehr, sondern – ich habe es genau gesehen – ganz ordinäre Lederslipper, noch dazu dunkelbraun, aber immerhin ging eine farblich geschmackvoll abgestufte Prozession von roten, grünen, schwarzen, goldenen, violetten, purpurnen, scharlachfarbenen Ministranten, Chorherren, Monsignori, Bischöfen, Erzbischöfen, Patriarchen und Cardinälen voran, bevor, in Weiß gekleidet, der Papst auftauchte.

Vorauszuschicken wäre noch, daß natürlich alle da waren, die in Rom dazugehörten. Die mußten nicht von vier Uhr an schon auf dem Petersplatz in der Sonne stehen und eine gelbe leichte Mütze aufsetzen. Die Herren im Frack, Uniform oder Diplomatentracht, in afrikanischer Folklore oder zumindest in tadellos maßgeschneidertem Schwarz, ordengeschmückt, mit Amtsketten um den Hals und Federhüten unterm Arm, die Damen, meist bleich unter schwarzen Brüssler Spitzen, einige Millionen Dollar an Gold und Karaten um die leider zum größten Teil faltigen Hälse und an den spitzigen Fingern. Der – damals eben neugewählte – Staatspräsident, der Sindaco, dessen Name heute noch unter dem seiner fernen Amtsvorgänger in die Marmorplatten der Consular Fasti gemeißelt wird, das Minister-Kabinett, der Chef der Kommunistischen Partei, in einem Galaanzug von nachgerade atemberaubender Eleganz mit Schuhen, für einen Erzengel nicht zu schlecht, der komplette Malteserorden, die Nobili, als da sind: Altieri, Boncompagni-Ludovisi, Borghese, Caetani, Chigi della Rovere-Albani, Colonna, Doria, Massimo-Lancelotti, Orsini, Ottoboni, Palestrina (aus dem Hause Sacchetti früher Barberini), Pallavicini, Rospigliosi, Spada-Beralli-Potenziani, Vicovaro aus dem Hause Cenci-Bolognetti und so weiter und so weiter – Tausende von erlauchtesten Ahnen, darunter ganze Scharen Selig- und Dutzende Heiliggesprochene, blickten auf die würdig Schreitenden herunter, Hekatomben von Cardinälen saßen, bildlich gesprochen, wenn das gestattet ist, auf den dadurch leicht gesenkten Schultern, Erzbischöfe gar nicht zu zählen. Und die Päpste, die aus den Familien stammten: still blickten die Verblichenen aus der Ewigkeit auf ihre umglänzt schreitenden Urneffen und -nichten herüber, während die Rudera der Pontifices, die dieser Welt angehörten, unten in den Grüften des Domes moderten. Der Principe Chigi della Rovere-Albani dürfte mit vier Päpsten (Sixtus IV., Julius II., Alexander VII. und Clemens XI.) den – salva venia – Vogel abschießen, während mancher Graf oder Baron weiter hinten sich vielleicht mit einem nicht-kanonischen Gegenpapst aus dem elften Jahrhundert begnügen muß. Kaum zu zählen der niedrige Adel; der eine oder andere Hochstapler mag auch dabeigewesen sein.

Der Papst las die Messe. Karajan schwang den Stab, Edita Gruberova schmelzte die Melodien der »Krönungs-Messe« in Michelangelos Kuppel hinauf... die Akustik ist nicht die beste, stellte ich fest, und der Nachhall ist so stark, daß man jeden Ton mit einer Verzögerung von fast einer Sekunde ein zweites Mal hört, aber wer wird bei so einem Fest kleinliche Mäkeleien anbringen wollen. Ich erlaubte mir nur zu überlegen, daß dieser kleine freche Mensch, der mit sechsunddreißig Jahren gestorben ist und nichts anderes war als ein windiger »Ritter vom Goldenen Sporn«, aber diese Messe da und einiges andere, was man so kennt, geschrieben hat, wenn es mit rechten Dingen zugeht, und wer würde hier in der Peterskirche nicht überzeugt sein, daß es mit rechten Dingen zugeht, *weit* über all den Ehrwürdigen und Mächtigen sitzt unter den Heiligen, die auf der Welt nichts Besseres getan haben, als an den Ernst des Lebens zu denken.

Gegen halb acht Uhr war das Hochamt zu Ende. Noch einmal, beim würdig-geordneten Hinausmarsch, wallte das katholische Banner der Festlichkeit in seiner ganzen Breite durch die Kirche, dann erlosch das Licht oben, Edita Gruberova klappte ihren Klavierauszug zu, die

Schweizergardisten schlossen die inneren Türen, die Custoden rollten die purpurnen Absperrungskordeln über gespreizten Daumen und Ellbogen, die Menge der – mehr oder weniger – Gläubigen, aber jedenfalls geistig Erbauten und zum größten Teil auch nunmehr Hungrigen strömte hinaus.

Dr. Kappa hatte angeordnet: wir sammeln uns zur Abfahrt zur Villa Miani am Obelisk. Ich kam neben das Röntgenologen-Ehepaar zu gehen. Der Röntgenologe fieberte der ersten Zigarette entgegen. Die Gattin warf noch einen Blick zurück in die Kuppel, die eben noch vom Glanz des Papstes, der Krönungsmesse, von Cardinalsscharlach und Helmblitzen der Schweizergarde gestrahlt hatte, und sagte: »Ich glaube nicht, daß wir in Dinslaken sowas auf die Beine brächten.«

Über die Terrasse der Villa Miani senkte sich die violette Dämmerung des römischen Sommers. Aus dem silbernen Dunst der vergangenen Tageshitze ragten die Kuppeln und Türme der Ewigen Stadt, das unbeschreibliche Bild, das Panorama, das tausend Dichter zu besingen versuchten, über das man einen Band an Details schreiben kann oder das man, wenn einem das Glück lacht, in eine gelungene Zeile bannt. Aber letzten Endes bleibt doch nur das eine wahr: glücklich ist der, der das wenigstens einmal gesehen hat.

Die Eiswürfel klingelten in den Camparigläsern. Drinnen bereiteten die Kellner sich vor, den ersten Gang zu servieren. Der versprochene Bischof plauderte fröhlich mit der Chefsekretärin und erklärte ihr, welche Kuppel zu welcher Kirche gehörte. Die Röntgenologengattin trat an die Ballustrade, raffte den Chinchilla über den tiefen Ausschnitt ihres Kleides und schaute über den Monte Mario hinunter. Das gewundene Band des Tiber blinkte. Ich war kurz davor zu sagen: »Kein Vergleich mit Dinslaken«, aber ich sagte es nicht.

So also lernte ich Dr. Kappa kennen, der in dem Mo-

21

ment zu mir trat und sagte: »Es gefällt Ihnen?« »Ja«, sagte ich. »Ich glaube«, sagte er und hob sein Glas in meine Richtung, »Sie kommen wieder?«

»Ja«, sagte ich.

Se Cristo Vedisse

Im Caffè Greco, wo ich mittags zwei Tramezzini zu essen und einen Caffè lungo zu trinken pflege, rede ich – außer ich treffe dort einen Freund oder Bekannten oder bin mit jemandem verabredet – mit niemandem, höchstens mit dem Kellner über das Wetter, oder daß heute wieder viele oder aber seltsamerweise nur wenige Japaner hereingekommen sind, um die Gäste zu photographieren. (Ich möchte nicht wissen, auf wie vielen japanischen Dias ich als römische Charakterfigur abgebildet bin.) Im Caffè Greco mache ich keine Zufallsbekanntschaften. Da sitze ich auch von den anderen Gästen zu weit weg. In der Bar Sant' Eustachio, wo ich fast immer nach dem Abendessen hingehe und wo man dicht wie in einer Sardinenbüchse zwar nicht liegt, aber entsprechend steht, kommt man fast zwangsläufig jeden Abend mit irgend jemandem ins Gespräch, schon weil man unweigerlich einen stößt oder selber gestoßen wird.

Diesmal war es ein Deutscher. Er war sehr groß, viel größer als ich, hatte eine grau durchwachsene, dunkelblonde Mähne, eine Stimme wie ein Löwe und schaute überhaupt aus wie einer, der für eine Werbefirma im Urwald sitzt und für eine besonders männliche Whisky-Marke Reklame macht. Aber er gehörte zu den Leuten, die sanfter sind, als sie aussehen. Das erfuhr ich aber erst später, auch daß er Klausmann hieß.

Dort in der Bar Sant' Eustachio versuchte er beim Kellner hinter dem Tresen einen Kaffee zu bestellen. Er verstand nicht, was ihm der Kellner sagte: daß er erst bezahlen müsse, dort bei dem Mädchen hinten an der Kasse, dann mit dem Bon wiederkommen und dann erst bestellen könne. Mein Herz schwillt immer, wenn einer noch schlechter Italienisch kann als ich.

»Darf ich Ihnen behilflich sein?« fragte ich auf deutsch.

Er strahlte, war erleichtert und bekam mit meiner gewandtitalienischen Hilfe einen Kaffee. So kamen wir natürlich auch ins Gespräch.

»Sind Sie Römer?« fragte er.

»Nein«, sagte ich.

»Ah«, sagte er, »ich hätte mich sonst schon gewundert, daß Sie so akzentfrei Deutsch sprechen. Aber Sie sprechen hervorragend Italienisch.«

»Das kommt nur Ihnen so vor, weil Sie es überhaupt nicht können. Ich sage immer: für einen, der nicht Italienisch kann, spreche ich ganz gut.«

Er verstand den Witz nicht.

»Sie leben in Rom?«

»Leider nicht«, sagte ich, »aber ich fahre ab und zu hierher.«

»Beruflich?«

»Auch.«

»Aha. Sagen Sie: geht *man* jetzt in diese Bar hierher?« Seine Frage war ernst und vertraulich.

»Ob *man* hierher geht, weiß ich nicht, aber offensichtlich gehen etwas mehr Leute hierher, als ins Lokal passen, wie Sie unschwer feststellen können. Scusi tanto«, sagte ich laut, und »porca miseria« leise, um mein fließendes Italienisch unter Beweis zu stellen. Ein junger Mann hatte mir ein längliches Paket, das irgend etwas aus Eisen enthalten mußte, in den Rücken gestoßen.

»Kennen Sie sich in Rom aus?« fragte mein neuer Bekannter.

»Ein bißchen«, sagte ich.

»Ich würde ganz gern noch ein Stück zu Fuß gehen. Trauen Sie sich zu, mein Hotel zu finden?«

»Das kommt darauf an, was für ein Hotel das ist.«

»Hassler Villa Medici«, sagte er.

Ich pfiff durch die Zähne.

»Wieso«, fragte er, »wohnt man dort nicht?«

»Doch, doch«, sagte ich, »Respekt. Das ist eins der

teuersten Hotels. Ich habe nie dort gewohnt, aber ich finde hin.«

»Ist es weit?«

»Nein.«

Wir gingen durch die finstern Gassen am Pantheon vorbei, über die Piazza Capranica zum Corso. Ein paarmal fragte er zweifelnd, ob wir da richtig wären. »Keine Sorge«, sagte ich. Da geht mir nämlich fast noch mehr das Herz auf, wenn ich zeigen kann, daß ich mich in Rom nicht verirre, jedenfalls nicht hier. Am Corso gab er sich einen Ruck.

»Gestatten Sie«, sagte er, »ich glaube, es ist an der Zeit, daß ich mich vorstelle. Klausmann ist mein Name. Aus Elberfeld.«

»Angenehm«, sagte ich und nannte auch meinen Namen.

»Sind Sie in Geschäften hier?« fragte ich.

Er lachte. »Nein«, sagte er, »ich habe keine Geschäfte. Das heißt: Geschäfte habe ich schon, aber die laufen von allein. Ich bin... ich bin zum Vergnügen hier.«

»Wie schön für Sie«, sagte ich.

Wir gingen den Corso hinauf. Der war etwas belebter. Das beruhigte Herrn Klausmann sichtlich. Am Café Aragno blieb er stehen. »Darf ich Sie«, fragte er, »zu irgendwas einladen? Ich hätte dann auch noch eine Frage an Sie.«

»Ich warne Sie«, sagte ich, »nicht wegen der Frage an mich. Aber das Café Aragno ist türkisch. Früher war es einmal ein ganz berühmtes Lokal, fast so berühmt wie das Greco. Die Journalisten und die Parlamentarier verkehrten hier. Der Palazzo di Montecitorio ist ja nicht weit, das Parlament. Aber Mussolini hat dann seine Spitzel eingeschmuggelt, und so sind mit der Zeit die Journalisten und Parlamentarier weggeblieben. Heute ist es ein Selbstbedienungscafé. Es ist ganz unsicher, ob man was kriegt. Mir ist es noch nie gelungen.«

Wir setzten uns auf je einen der grellen Plastikstühle vor

den hell erleuchteten Scheiben und schauten auf den Corso.

»Und?« fragte ich.

»Sagen Sie: Aragno und Mussolini und so... daß Sie das wissen... sind Sie so lange schon in Rom?«

»Nein«, lachte ich, »das habe ich im Peterich gelesen.«

»So«, sagte er, »Peterich. Aha.«

»War *das* Ihre Frage?«

»Nein, nein. Ganz was anderes. Ich glaube, ich könnte Ihre Hilfe brauchen. In einer eher heiklen Angelegenheit.«

»*Meine* Hilfe? In Rom?«

»Ja. Eben hier. Kennen Sie sich im Vatican aus?«

»Das ist eine Frage, die sich nicht so einfach beantworten läßt. Der Vatican ist weit mehr als ein topographischer Begriff. Sie müssen mir da genauer sagen, was Sie meinen.«

»Es ist schon spät«, sagte er, »ich glaube, wir kriegen da wirklich nichts mehr. Würde es Ihnen was ausmachen, wenn wir uns morgen träfen?«

»Gut«, sagte ich, »im Greco, um neun Uhr? Da brauchen Sie von Ihrem Hotel nur die Scalinata hinunterzugehen und ein paar Schritte in die Via Condotti hinein und dann rechts –«

»Das finde ich«, sagte er, »je früher, desto besser.«

»Früher als neun Uhr geht nicht«, sagte ich, »denn das Greco macht erst um neun auf.«

»Ich werde versuchen«, sagte er, »über Nacht die Frage zu formulieren. Jedenfalls danke ich Ihnen schon im voraus herzlichst.«

Pünktlich um neun Uhr war er da. Ich saß auf einem der roten Stühle im vordersten Teil, das ist sehr angenehm, weil man alle sieht, die vorbeigehen, und durch die Spiegel sogar einen Teil dessen, was draußen im Vorraum, wo die Theke ist, vor sich geht.

Klausmann sah mich, gab ein freudiges, wenngleich löwenartiges Knurren von sich und ruderte auf mich zu. Ich deutete ein kurzes Aufstehen an und drehte einen der rotgepolsterten Stühle an den kleinen Marmortisch.

»Ich habe schon gefürchtet, Sie könnten unsere Verabredung vergessen«, sagte er.

»Nein, nein«, sagte ich, »dafür haben Sie mich viel zu neugierig gemacht auf Ihre Frage. Außerdem: selbst wenn ich unsere Verabredung vergessen hätte, wäre ich trotzdem hier. Ich bin nämlich *immer* um neun Uhr im Greco.«

Er setzte sich. »Ach«, sagte er ernst, »man geht um neun Uhr ins Greco?«

»Ob *man* ins Greco geht, weiß ich nicht. *Ich* gehe jedenfalls hierher.«

»Aha«, sagte er, »und was trinkt man hier?«

»Man trinkt in der Regel das, was der Kellner bringt, und der Kellner bringt das, was man bestellt.«

Er schaute mich, unsicher geworden, an, versagte es sich aber, weiter zu fragen. »Was trinken Sie da?«

»Einen Caffè lungo. Das ist ein Espresso mit der doppelten Menge Wasser. Einen *Verlängerten*, ungefähr, wie ein Wiener sagen würde.«

»Interessant«, sagte er. »Bestellen Sie mir auch einen? Kriegt man das Glas Wasser automatisch dazu?«

»Ja«, sagte ich und bestellte beim traditionsreichen, legendenumwobenen Kellner N°. 1 – der aussieht wie ein etwas asthmatischer Staatspräsident – für Klausmann einen Caffè lungo.

»Es ist schon scheußlich«, sagte er, »wenn man wo ist, wo man nichts versteht, was die Leute reden, und wo man keinen Menschen kennt außer dem Hotelportier.«

»Aber nun: Ihre Frage? Wie gesagt, Sie haben mich außerordentlich neugierig gemacht.«

»Es ist nicht ganz leicht – ich bin nicht sehr – wie soll ich sagen – also in meinem Beruf – ich mache in Fertiggußteilen – Klausmann/Elberfeld – an sich ein Begriff. Ich weiß nicht, Sie werden nicht von der Branche sein? Nein? Na ja. Dann ist Ihnen der Name natürlich nicht geläufig. Tut ja auch nichts zur Sache. Also, in meinem Beruf – möchte mich nicht loben, aber... kurzum...«

»Sie brauchen gar nicht weiter reden. Wenn Sie im Hassler Villa Medici wohnen können, dann sind Sie entweder ein Hochstapler, oder Sie verdienen genug Geld.«

»Ja, ja«, sagte er, »aber – wortgewandt... ja, das ist es, was ich gesucht habe: wortgewandt bin ich nicht. Ich weiß also nicht, wie ich das anfangen soll. Sie dürfen das auch nicht falsch verstehen. Also: auf Partys und so, in Elberfeld, da bin ich schon voll da. Verbal. Sie verstehen, da weiß ich exakt, worüber man redet. Aber das, was ich Ihnen sagen will... muß... das... das berührt meinen Intimbereich. Ja: Intimbereich. Da bin ich nicht wortgewandt.«

»Verzeihen Sie«, sagte ich, »ich hoffe, Sie erwarten von mir keinen medizinischen Rat.«

»Nein«, lachte er, »ein ganz anderer Intimbereich.«

Er starrte in seinen Caffè lungo.

»Sie fragten mich gestern«, sagte ich endlich, »ob ich mich im Vatican auskenne.«

»Ja«, sagte er, »Vatican. Das ist genau der Punkt. Vatican. Der Vatican ist doch ein selbständiger Staat?«

»Gewiß«, sagte ich, »mit eigenen Briefmarken, eigenen Münzen, einem eigenen Autozeichen: SCV... Stato Città del Vaticano. Se Cristo Vedisse, sagte der Volkswitz zu der Abkürzung: Wenn Christus das sehen würde, Er, der höchstens auf einem Esel geritten ist.«

»Der Vatikan ist also ein Staat mit eigenen Staatsbürgern?«

»Sicher.«

»Kennen Sie welche?«

»Hm«, sagte ich, »das ist gar nicht so einfach zu sagen. Ja, doch – ich kenn einen Curiencardinal... also, was heißt: *kennen*. Ich wurde ihm einmal vorgestellt, und ich habe mit ihm ein paar Worte gewechselt. Später habe ich ihm dann, aber das ist eine lange Geschichte, ein paarmal Distelöl mitgebracht, das es nur in Deutschland gibt. Er

28

braucht es, nehme ich an, weil er unter erhöhtem Chole-
sterin-Spiegel leidet.«

Herr Klausmann wurde sichtbar erregt und schob seine
– inzwischen leere – Tasse hin und her.

»Und der ist vaticanischer Staatsbürger?«

»Also – soviel ich weiß, gibt es nicht sehr viele Vatican-
Staatsbürger. Der Vatican ist, wie mit allem außer Segen,
sehr sparsam damit. Es gibt nach den Angaben, die ich einmal erfahren habe, etwas über 400 vaticanische Staatsbürger, nach anderen Angaben sogar nur etwas über 200. Es
gibt – das fällt mir jetzt selber auf – gar keine Bezeichnung
dafür. Italien – Italiener. Deutschland – Deutsche. Andorra – Andorraner…«

»Ich habe einmal eine Andorranerin gekannt«, warf
Klausmann ein, »Maria hat sie geheißen.«

»– ja, aber Vatican…? Vatican…? Habe ich noch nie gehört. Aber gut. Vaticanischer Staatsbürger ist der Papst,
logisch. Dann alle Curiencardinäle, das dürften so an die
20, 25 Stück sein. Dann alle Nuntien in aller Welt, was sich
auf 100 belaufen dürfte. Und die oberen – *nur* die oberen –
Chargen der Schweizergarde.«

»Und Vatican… Vatican*innen*?«

Ich schaute Klausmann an.

»Ich bin«, sagte Klausmann, »ich habe… es ist sozusagen ein Hobby. Ich… wie soll ich sagen… kurzum –« er
schob für einen Moment seinen Kopf näher zu mir her
»– die Weiber. Sie verstehen. Heiraten, das ist nichts für
mich. Ich *war* verheiratet. Dreimal. Ist nichts für mich. Da
bin ich ungeeignet für. Ich bin mehr für… also Sie verstehen. Deswegen der Vatican.«

»Ganz, muß ich sagen, kann ich Ihnen nicht folgen.«

»Alle drei, mit denen ich verheiratet war, waren Deutsche. Dazwischen… na ja, ich gebe es zu, ich glaube, so
wie ich Sie gestern und heute kennengelernt habe, sehen
Sie das moralisch nicht so eng… ist schon natürlich auch
ab und zu was gelaufen. Und da war einmal eine Schwedin
dabei. Hat mir ausgesprochen zugesagt. Sie war ganz an-

ders, als man sich Schwedinnen so vorstellt, sie war schwarzhaarig und eher klein, aber... Hut ab vor dieser schwedischen Nacht. Es hat aber nicht lang gedauert, weil sie in Schweden verlobt war und nur für ein paar Wochen in Elberfeld... ich habe sie eine Zeitlang vermißt. Muß ich offen zugeben. Und nach der dritten Scheidung, wo ich mir geschworen habe: *nie* mehr heiraten...« Klausmann schleckte schnell die ersten drei Finger der rechten Hand ab und hob sie in die Höhe, »...von jetzt ab großen Bogen ums Standesamt, da habe ich mich an die Schwedin erinnert – Lena hatte sie geheißen – und mir gedacht: fahr' einmal nach Schweden und schau' nach, was sich da oben so tut. Wie gesagt, ich bin zeitlich relativ unabhängig, die Fertiggußteile laufen praktisch allein – also bin ich nach Schweden gefahren, dort aber, in einer Stadt, könnte sein, es war Göteborg – gibt es so eine Stadt? glaube schon – jedenfalls habe ich dort eine durchreisende Norwegerin kennengelernt. Adelheit. Kleiner, aber sehr fester Busen. Rothaarig. Da habe ich also umdisponiert und bin mit nach Norwegen gefahren, habe ein paar anregende Tage verbracht. Dann ist Adelheit zu ihrem Mann zurückgekehrt, und ich habe mich in mein Auto gesetzt – ich fahre nur Porsche, damals ein 912 silbermetallic mit gelbem Rennstreifen – und Richtung Elberfeld gebrettert... aber schon in Dänemark, in einer Stadt... könnte das Helsinki sein?«

»Nein«, sagte ich, »Helsinki liegt in Finnland.«

»Die Finnin«, sagte Klausmann, »hieß Hedi, ich habe sie aber in St. Tropez kennengelernt. Das war die ärgste Exhibitionistin, die ich je erlebt habe. Was die – selbst abends in Lokalen... also, gut – aber die Dänin: ich weiß nicht mehr, wie die Stadt hieß. Die Dänin hieß Christiane. Sie war Fußballerin. Ein Prachtweib. Fast so groß wie ich. Wenn die...! Ich will keine Einzelheiten erzählen. Tut ja auch nichts zur Sache. Jedenfalls war ich total geschafft, wie ich wieder nach Elberfeld zurückgekommen bin. Aber so nach zwei Monaten habe ich mich erholt gehabt und bin wieder losgefahren Richtung Skandinavien, aber da standen an der Autobahn zwei belgische Anhalterinnen: Stephanie und Agnes. Stephanie war uninteressant, aber Agnes... ein Hintern! Ich sage Ihnen... kurzum, bin also umgeschwenkt nach Belgien. Irgendwo in einer Stadt, weiß den Namen nicht mehr, haben wir ein paar herrliche Wochen verbracht, Agnes und ich, und dann mußte sie mit ihrem Chef, mit dem sie wahrscheinlich ein Verhältnis gehabt hat, nach Malaysia fliegen. Ich war etwas traurig und wollte mich am Meer erholen, in Holland... da war dann Nelli, die Holländerin, und auf der Rückfahrt habe ich einen Umweg über Luxemburg gemacht. Renate. Prachtschenkel, und immer schöne, hohe Absätze.

Aber irgendwann mußte ich dann doch nach Hause, die Fertiggußteile ein wenig ankurbeln. Wir exportieren viel, müssen Sie wissen, und in meinem Chefbüro hängt noch von meinem Vater her so eine große, förmlich eine riesige Landkarte. Von der ganzen Welt. Da bin ich davorgestanden und habe das so angeschaut: Schweden, Norwegen, Dänemark – die Bundesrepublik sowieso... Holland, Belgien, Luxemburg... habe einen Stift genommen und schraffiert. Ja. Und das war der Anfang von meinem Hobby. Das Schraffieren. Gar nicht *so* einfach, sage ich Ihnen. Also: Frankreich, Österreich, Schweiz, England, Irland... das war ein Klacks. Suzanne, Helga, Verena und Queeny und Eva. Auch Spanien, Portugal... sogar Andorra. Die hat Maria geheißen. Sie hat beim Orgasmus immer gepfiffen – hat mich zuerst irritiert, aber – nun gut. Den Ostblock habe ich mir zunächst sehr schwierig vorgestellt – aber: was soll ich Ihnen sagen. Da braucht man nur mit D-Mark zu winken... obwohl: keine Nutten! Das war mein Sammelgesetz von vornherein: keine Nutten. Das wäre ja witzlos, könnte ja jeder. Schwieriger ist es schon da unten Vorderer Orient. Da... da war schon manche harte Nuß zu knacken. In Persien war ich zum Glück, bevor der Khomeini dort ans Ruder gekommen ist. Habe mich dann so südlich-östlich hinübergearbeitet. Einschließlich China. Alles schraffiert. Japan war natürlich problemlos, eine Australierin und eine Neuseeländerin habe ich, Sie werden lachen, in Elberfeld kennengelernt, wie ich dort wieder einmal nach dem Rechten geschaut habe.

Südamerika, habe ich mir gedacht, da sind ja unheimlich viele Staaten. Da habe ich einen Jahrestrip gemacht. In Argentinien angefangen bis herauf dann nach Mexico. Eine Americanerin, also eine aus USA – Clivia hat sie geheißen, die hatte, Natur! bitte – blonde Haare und schwarze Schamhaare, kurios – und eine Canadierin, Ariadne, habe ich in Acapulco sozusagen nebenbei... viel Zeit gespart. In Africa habe ich es genauso gemacht..., und jetzt ist alles schraffiert. Die ganze Welt. Madagascar habe ich vorletzte Woche abgehakt – bin hingeflogen. Sehr hübsch dort. Taanamaako. Solche Brüste! Praktisch nicht aus dem Bett zu kriegen, wenn sie einmal drin ist... das nur nebenbei. So habe ich also vor meiner Landkarte im Chefbüro gestanden... Madagascar schraffiert... da sehe ich...das ist mir vorher überhaupt nicht aufgefallen: diese winzigen Staaten sind naturgemäß auf der Weltkarte kaum zu sehen, aber Monaco, Liechtenstein usw., das war schon klar, nur, daß es in Italien zwei so Flecken gibt! Also war ich vorige Woche in San Marino. Meia. Junge Witwe von einem Motorradfahrer. Noch in Trauer, aber schon wieder voll in Fahrt... bleibt...«

»...der Vatican«, sagte ich, »und der ist noch nicht schraffiert.«

»Exact. Und sie kennen sich doch hier so gut aus. Können Sie eine – aus dem Vatican... Ich sage Ihnen, ich bleibe da, bis... es wäre rasend freundlich von Ihnen, wenn Sie... ich zahle alles... glauben Sie, daß es hier einen Champagner gibt? In dem Café da?«

»Selbstverständlich«, sagte ich.

Trotz der Flasche Champagner, die wir miteinander austranken, war Klausmann, der Riese mit dem Löwenhaupt, niedergeschlagen, als wir auf die geschäftige Via Condotti hinaustraten. Meine Auskünfte waren für ihn entmutigend gewesen. Vaticanische Staatsbürger *weiblichen Geschlechts* gibt es vermutlich so gut wie gar keine. Der Vatican ist der einzige Staat der Welt, dessen Bevölkerung sich nicht durch natürliche Vermehrung, sondern durch Zuwahl fortpflanzt. Wenn es dennoch einige Vaticanstaatsbürgerinnen gibt, so handelt es sich dabei um Nonnen. Selbst die Schwestern und Helferinnen, die im vaticanischen Krankenhaus Santa Marta beschäftigt sind, arbeiten nur dort, wohnen in Klöstern über Rom verteilt, haben keinen Vatican-Paß. Vielleicht die eine oder andere Oberschwester und natürlich die Nonnen, denen die persönliche Betreuung des Heiligen Vaters obliegt, die sind Vatican-Bürgerinnen, aber wohl den Anfechtungen seitens Herrn Klausmann unzugänglich.

Er blinzelte gegen die Sonne. Die vielen hübschen Römerinnen, die – meist zu zweit und mit großen bunten Papiertaschen aus den umliegenden Nobel-Boutiquen – hinauf und hinunter flanierten, blieben von Klausmann völlig unbeachtet. Der Sammler hatte nur *ein* Ziel. Er war niedergeschlagen, entmutigt, aber noch immer entschlossen. Ein Sammler, in dessen Sammlung ein einziges Stück fehlt, entwickelt oft ungeahnte Energien.

»Aber hinein kommt man schon irgendwie? in den Vatican?« fragte er dann.

»Doch«, sagte ich, »und da kann ich Ihnen sogar helfen. Das heißt: ich kann Ihnen die Wege zeigen.«

»Das genügt«, sagte er.

Genau weiß ich es nicht mehr, aber es dürfte drei oder vier Jahre später gewesen sein, da fuhr ich wieder einmal mit dem kleinen Bus, der – das einzige öffentliche Verkehrsmittel des Vatican-Staates – zwischen Petersplatz und den Vaticanischen Sammlungen verkehrt, und schaute während der kurzen Fahrt zum Fenster hinaus. Als der Bus gerade durch das Tor an den Posten der Schweizer-Garde vorbeifuhr, kam ein Porsche mit einer vaticanischen Targa: SCV – und irgendeine Nummer, entgegen und konnte gerade noch bremsen, um zu verhindern, daß er mit dem Bus zusammenstieß. Es war am Vormittag eines schon heißen Sommertages. Beim Porsche war das Verdeck zurückgeklappt. Am Steuer saß – unverkennbar das Löwenhaupt – Klausmann.

Ab und zu in den Jahren, wenn irgendeine Assoziation es herbeirief, hatte ich an den curiosen Sammler gedacht und daran, was wohl aus ihm geworden war. Damals in Rom hatte ich ihn nicht mehr gesehen, nachdem ich ihm die verschiedenen Eingänge in die Vaticanstadt, wenn man so sagen kann, an Ort und Stelle gezeigt hatte. Es hatte für mich auch den Tag danach wieder einmal die schmerzliche Stunde des Abschieds von Rom geschlagen.

Es ging viel zu schnell. Ich winkte zwar, mehr reflexartig, aber Klausmann – ich zweifelte nicht daran, daß er es war – sah mich nicht, war ja auch damit beschäftigt, sich am Bus vorbei hinauszuzwängen. Ich drehte mich um: sein Porsche, auch daran kein Zweifel, trug eine SCV-Targa.

Alle möglichen Gedanken gingen mir durch den Kopf, während der Omnibus durch die Vaticanischen Gärten an der Rückseite der Peterskirche vorbei zum Museum hinauffuhr. Das Gespräch von damals kam mir aufs lebhafteste wieder ins Gedächtnis. Mit nicht mehr ganz ungeteilter Aufmerksamkeit betrachtete ich die Fortschritte an der Restaurierung der Decke der Sistina, und früher, als ich eigentlich vorgehabt, fuhr ich wieder zurück zum Petersplatz. Es wissen nur wenige, daß es ein vaticanisches Telephonbuch – Elenco pontificio – gibt, ein dünnes Heft, und noch weniger wissen, daß das in der kleinen Buchhandlung neben der Vatican-Information und den Pontifical-Toiletten dort links am Petersplatz zum Verkauf ausliegt. Ich kaufte es nicht, heuchelte nur Interesse und schaute nach. »Klausmann« war nicht vermerkt.

Ich ging hinaus. Der Schweizer-Gardist am Tor war

noch der gleiche wie vorhin. Ich ging hin und fragte, ob er wisse, wo der Herr mit dem Löwenhaupt in dem offenen Porsche zu erreichen sei. In schönem Schwyzer-Dütsch antwortete mir der Gardist, daß er den Herrn vom Sehen kenne, aber nicht wisse, wer er sei. Der Gardist erklärte sich – nach Rückfrage bei seinem Vorgesetzten – bereit, einen Zettel zu übergeben, wenn der Herr im Porsche wieder einpassiere. Ich schrieb auf den Zettel sinngemäß: – Erinnern Sie sich noch? und meinen Namen, und: zur üblichen Zeit im Greco oder im Eustachio. Schon am gleichen Abend sah ich sein Löwenhaupt über den Köpfen der Menge in der Bar Sant' Eustachio schweben, und selten habe ich ein freudigeres Gebrüll gehört, als ich ihm auf die Schulter tippte.

Er war ein souveräner Römer geworden, und meine sprachliche Hilfe brauchte er nicht mehr. Er lud mich in ein im Augenblick bevorzugtes Lokal an der Piazza Farnese ein, wo wir wieder eine Flasche Champagner leerten.

»Ich verdanke alles Ihnen. Alles –«

Ich winkte bescheiden ab.

»Doch, doch«, sagte er, »ohne Sie wäre ich damals völlig hilflos gewesen. Sie haben mir gezeigt, wo's langgeht.«

»Und Vatican ist schraffiert?«

»Ist schraffiert.«

»Und Elberfeld? die Fertiggußteile?«

»Verkauft. Fort mit Schaden. Ich bin Vaticanbürger.«

Er war damals meinem Rat gefolgt und hatte sich Zugang zum Vatican übers Geld verschafft: er war zur Porta Angelica gegangen und hatte ein Visum beantragt mit der Begründung, daß er Geld bei der Vatican-Bank Opere Religiose wechseln wolle. In der Vatican-Bank hatte er einen zufällig in der Schlange vor ihm wartenden Geistlichen angesprochen, der sich als deutschsprechender Secretär eines höheren Monsignore herausstellte. »Wem das Glück lacht, der kann auch im Gehen schlafen«, dachte ich. Der höhere Monsignore stellte den Contact mit dem Cavaliere Nicoletti her von der Generaldirection der Technischen Dien-

35

ste Seiner Heiligkeit. Cavaliere Nicoletti hatte Interesse an Fertiggußteilen. Über die Abwicklung der Zahlungsmodalitäten machte Klausmann die Bekanntschaft eines Monsignore De Persichi, der in der Vatican-Bank nicht nur eine gewisse Rolle spielte, sondern auch in einer Art bescheidenem Nachklang des ehemaligen Nepotismus einen Teil seiner Verwandtschaft, unter anderem seinen Bruder, einen Laien, und dessen Familie in verschiedenen päpstlichen Behörden untergebracht hatte. Die Tochter des Bruders, Dottoressa De Persichi, war Angehörige der »Pontificia Commissione di archeologia sacra«, der Sohn Hilfssecretär des »Ufficio centrale di statistica della chiesa« usw.

»Eigentlich«, sagte Klausmann, »ist das alles tabu. Also nicht direct, daß ich vereidigt worden wäre... so ist das nicht. Wissen Sie: das braucht man bei uns nicht.« Bei *uns*! sagte Klausmann, und meinte die Päpstliche Curie. »Wir wissen von alleine, was sich gehört und was nicht. Wenn man einmal dazugehört.« Er redete schon mit einem unverkennbaren Ton diplomatischer Salbung und geheimer Würde, der selbst vaticanische Billettenverkäufer auszeichnet und der sich zu einer Aura mattglänzender Divinität und Undurchdringlichkeit verdichtet, wenn es sich um höhere Ränge der Curien-Hierarchie handelt. »Aber Ihnen kann ich es ja sagen, da ich Ihnen meinen Einstieg verdanke. Die Familie De Persichi hat – wie soll ich sagen – einesteils erhebliche Verdienste um, hm, nun Transferierungen finanzieller Art. Ja. Erhebliche Verdienste. Diese Verdienste werden nicht überall gewürdigt.«

»Aha«, sagte ich.

»Ich sehe«, sagte er, »Sie verstehen. Die Staatsanwaltschaft in Mailand hält einen frechen Haftbefehl bereit. Wenn Cavaliere De Persichi am Petersplatz die zwar nicht sichtbare, aber ungeheuer wichtige Linie überschritte, die die Grenze zwischen Italien und dem Vatican bezeichnet... kurzum: und damit er nicht ausgeliefert werden kann, hat man ihm schon vor Jahren die vaticanische

Staatsangehörigkeit gegeben. Und seine jüngste Tochter ist meine Frau.«

»Ach«, sagte ich, »ich dachte: Sie wollten einen großen Bogen um das Standesamt machen?«

»Wer redet denn vom Standesamt. Wir haben in Santa Anna, der Vatican-Pfarrkirche, geheiratet. Wissen Sie: ich habe mir gesagt – im Vertrauen gesagt, meine Frau weiß nichts davon, wenn ich jetzt schon die ganze Welt schraffiert habe…, und es bleibt eh nichts mehr übrig, dann kann ich gleich heiraten. Und sehr attraktiv ist sie außerdem. Bin zum Katholizismus convertiert. Das hat auch Punkte gebracht. Meine drei Ehen vorher, das habe ich da erst erfahren, waren ungültig, da nicht kirchlich geschlossen. Waren Concubinate. Habe ich gebeichtet. Ja.«

»Und so haben Sie auch den Vatican schraffiert.«

»Nur im Geist. Die Landkarte ist in Elberfeld geblieben. Mitsamt den ganzen Fertiggußteilen. Aber – die Rechnung hier lassen Sie meine Sache sein – ich bitte Sie! ich muß nach Hause!«

»Nach Hause: das ist der Vatican?«

»Ja, ja. Besuchen Sie uns einmal? Bald ist es so weit.« Er senkte seine Stimme. »Wir haben eine Tochter, zwei Jahre alt, jetzt wird es hoffentlich ein Sohn. Wenn ja, dann ist seine Eminenz, der Herr Cardinal-Staatssecretär, so gütig und macht uns den Paten. Das Kind heißt dann zwar: Agostino Klausmann. Aber was solls. Vielleicht wird er einmal Monsignore.«

Ich fuhr mit ihm im Porsche mit dem SCV bis zum Petersplatz. Es war fast Mitternacht geworden inzwischen. Der Petersplatz lag menschenleer um diese Zeit. Die Kulisse eines Theaters bei ausgeschaltetem Licht: ein nobles, helles Grau wehte zwischen den Colonnaden hin und her. Die beiden Brunnen plätscherten und funkelten. Michelangelos Kuppel verschwand in das schwarze Dunkel der Nacht. Welche Geister schleichen jetzt zwi-

schen den Monumenten steingewordener Staatstrauer
dort drinnen hin und her?

Klausmann, vielleicht schon Vater eines künftigen
Monsignore, fuhr außen links um die Colonnaden des
Bernini herum und hielt vor dem Eingang neben dem Sant'
Uffizio. Der Schweizer-Gardist schaute scharf her zu uns,
erkannte den Porsche, salutierte und öffnete die Schranke.

Ich stieg aus.

»Sie besuchen uns einmal?« fragte Klausmann.

»Gern«, sagte ich, »das laß ich mir nicht zweimal sagen.«

»Meine Telephonnummer haben Sie. Ciao!«

Er gab mir die Hand. Es war nicht zu verkennen, daß
sein Handschlag einen bereits leicht segnenden Schimmer
hatte.

Der Porsche verschwand in der silbrigen Dunkelheit des
letzten Märchenlandes dieser Welt.

Mithras

Normalerweise setze ich mich nicht an einen Tisch, wenn ich in der Bar Sant' Eustachio meinen Caffè speciale oder meine Grappa trinke, nicht aus Geiz, weil es im Stehen wie überall in Italien weniger kostet, sondern um das wohlige Gefühl zu genießen, durch die drängende Fluktuation der Gäste wie von selber wieder nach draußen gespült zu werden. Man steht dann noch eine Viertelstunde in der rotbraunen römischen Nacht, schaut die Schneckenkuppel von Sant' Ivo an, die hell beleuchtet und frisch renoviert ist, reicht dann über die Köpfe hinweg die Tasse ins Lokal zurück und macht sich auf den Heimweg. (Einmal hatte ich sogar das Glück, vor der Bar stehend einen Zimmerbrand im Dachterrassengeschoß eines Hauses in der Via Palombara zu beobachten, bei dem zum Glück niemand zu Schaden kam außer einem Oleanderkübel, aber sehr viel Rauch, Geschrei, das aufgeregte Hin- und Herlaufen einer durchaus sehenswerten jungen Frau in einem durchsichtigen Nachthemd und einen bewundernswürdig virtuosen Einsatz der Feuerwehr *Senatus Populusque Romanus* hervorrief.)

Nicht so heute. Aus irgendeinem Grund, ich weiß ihn nicht mehr, setzte ich mich diesmal an einen der wenigen kleinen Tische, die meist unbeachtet vor der Bar Sant' Eustachio stehen und eher dazu angetan sind, die Flut der Gäste in Unordnung zu bringen. Nur ein Tisch war noch besetzt: von einem alten Mann.

Ich kannte ihn vom Sehen, ich wußte nur nicht woher. Die uralte Methode, ein Mädchen mit der Floskel anzusprechen: »Irgendwoher kenne ich Sie...« habe ich schon als Jüngling als zu abgegriffen verabscheut, so verabscheut, daß ich sie auch jetzt nicht verwenden wollte, obwohl das hier kein Mädchen, sondern ein alter Mann war. Vielleicht täuschte ich mich auch. (Ich täuschte mich aber nicht.) Er jedenfalls schien keine Erinnerung mit mir zu verbinden. Er schaute ein paarmal her, schaute eher mißmutig an mir vorbei, trank seinen Kaffee aus und ging dann.

Wenige Schritte von der Bar Sant' Eustachio entfernt, in der Via Monterone, findet sich der Palazzo Lante, in dessen Parterre eines der eigenartigsten Restaurants Roms untergebracht ist, das »Eau vive«. Der französische Name sagt nichts über die Küche. Die Küche des »Eau vive« ist nicht nur international, sondern interkontinental. Die Nonnen kochen jeden Abend eine Spezialität aus einem anderen der fünf Kontinente, denn überall haben die Nonnen vom »Eau vive« ihre Missionsstationen, und besonders brave, tüchtige, reinliche und sittlich gefestigte Missionskinder weiblichen Geschlechts dürfen für eine Zeit nach Rom und bedienen – in allen Ehren selbstverständlich – die Gäste im »Eau vive«. Die Mädchen tragen dabei ihre Landestracht, wobei selbstverständlich auf höchstgeschlossene Züchtigkeit größter Wert gelegt wird. Da, wie es heißt, Papst Woytila, als er noch Cardinal war, bei seinen Aufenthalten in Rom stets hier verkehrte, ist das Lokal in moralischer Hinsicht über jeden Zweifel erhaben. Es ist aber auch mit Sicherheit das sauberste Lokal in Rom, und man könnte notfalls vom Boden essen. Das Essen, das eine afrikanische, asiatische oder lateinamerikanische Missionstochter auf stets rot gedecktem Tisch serviert, ist ausgezeichnet, der Weinkeller ist reich sortiert, und sanfte Musik durchtönt den Raum. Ich lege Wert in dem Zusammenhang auf das Wort: *Musik*. Nicht die leider weitverbreitete Berieselung mit schwachmatischem Plastikgedudel tönt im »Eau vive« aus dem Lautsprecher, sondern echte Musik: Vivaldi, Bach, Mozart. Tafelmusik. Das läßt man sich gefallen. Gegen zehn Uhr allerdings wird das Tonband abgedreht, und es kommt zum Höhepunkt des Abends. Schon vorher haben die Missionstöchter kleine Kärtchen mit dem Text eines französischen und eines italienischen

40

Marienhymnus verteilt, und nun stellt sich eine der Töchter in die Mitte zwischen den beiden kaum getrennten Speisesälen und singt vor, drei weitere Töchter pfeifen aus dem Hintergrund verhalten auf Blockflöten, und die Gäste sind eingeladen (aber nicht verpflichtet) mitzusingen.

Oberstaatsanwalt Weltin, mit dem ich mich im »Eau Vive« verabredet hatte, sang kräftig mit; ich nicht. Gemeindegesang, ob religiöser oder vaterländischer, löst in mir eine mir selber rätselhafte Maulsperre aus, und zwar Maulsperre in der Hinsicht, daß sich mir das Maul zusperrt. Vielleicht ist auch dies mein Seelenphänomen ein weites Feld, gehört aber jedenfalls nicht hierher.

Gnadenlos wurden alle Strophen des Hymnus gesungen, danach bedankte sich die Missionstochter, Vivaldi wurde wieder angedreht, und Weltin und ich lehnten uns in Erwartung des im »Eau vive« erfahrungsgemäß opulenten Desserts in die Sessel zurück.

Oberstaatsanwalt Weltin hatte keineswegs beruflich in Rom zu tun. Er ist einer von den vielen, denen Rom ins Herz gebissen hat. Seit Jahrzehnten verbringt er sozusagen jede freie Minute in Rom, und das Leben fern dieser Stadt entringt ihm nur Seufzer. In Rom wohnt er immer in einer Pension in einer der schmalen Nebenstraßen des Campo dei Fiori, die sich in einem Haus befindet, in dem, so wird gesagt, Venozza de Cattanei – die Mutter Lucrezia und Cesare Borgias – nach dem Tod Alexanders VI. ein Bordell betrieben haben soll.

»Von irgend etwas mußte sie leben«, sagte Weltin, »und eine sozusagen verwitwete Papstgeliebte hat keine Pension bekommen. Selbst wenn es dem verstorbenen Papst gelungen ist, das Cardin'alskollegium durch Nepoten und Günstlinge aufzufüllen, haben sie fast immer einen Nachfolger aus dem Kreis der Feinde des vorangegangenen Papstes gewählt, äußerstenfalls kam ein Kompromiß zustande, und es wurde einer zum Papst gewählt – das war dann meist ein alter, von dem erwartet wurde, daß er bald stirbt –, der zu keinem Lager gehörte und dem Verblichenen wenigstens nicht grün war. So sicherte man sich die Umverteilung der Pfründen.«

»Und als allererstes, denke ich mir«, sagte ich, »warf der neue Papst die Kebsweiber und Bastarde des Verstorbenen aus dem Vatican.«

»So ist es«, sagte Oberstaatsanwalt Weltin.

Er war ein Spezialist für *kleine* Kirchen. Er kannte natürlich auch alle großen und berühmten; seine Lieblingskirche war S. Maria della Pace, die er jedesmal besuchte, aber vor allem hing seine Seele an den kleinen und unbekannten Kirchen. Wer kennt S. Egidio? oder S. Stefano degli Abissini? oder die sog. Chiesa del Sudario? Niemand kennt sie, niemand macht sich die Mühe, sie zu besuchen: nur Oberstaatsanwalt Weltin.

»In S. Stefano degli Abissini ist fürchterlich schwer hineinzukommen. Die ist nämlich *im* Vatican. Sie steht hinter der Peterskirche und wirkt im Schatten dieser Basilika wie ein etwas größerer Blumenkübel. Wahrscheinlich weiß nicht einmal der Papst, daß es diese Kirche gibt. Die Sudario allerdings kann jeder besuchen. Die liegt neben der Casa del Burcardo, also neben dem Haus jenes Prälaten Burckhardt aus Straßburg, der der Zeremonienmeister Alexanders VI. war und dessen Schweinigeleien minutiös aufgeschrieben hat. Übrigens: neben der Sudario liegt sehr unauffällig S. Giuliano Ospitaliero, die Nationalkirche der Flamen...«

»Chiesa del Sudario? Gibt es einen heiligen Sudarius? den Patron der Schwitzbäder?«

»Sudario heißt das Schweißtuch: das Schweißtuch der Veronica, Sie wissen.«

»Und S. Egidio?«

»Das ist eine Art Anhängsel hinten an S. Maria im Trastevere. Die sieht man nur, wenn man im Garten des im übrigen vorzüglichen ›Tana de noantri‹ den Kellner bittet, den Besteckkasten kurz wegzuräumen...«

Ich habe dann einmal der Versuchung nicht widerstehen können, den guten Weltin zu irritieren. Es gebe eine Kirche, sagte ich, hätte ich gehört, namens *S. Meleagro*.

»Hochinteressant«, sagte Weltin elektrisiert, »S. Meleagro, von der habe ich noch nie gehört.« Er brauchte zwei Tage, um herauszufinden, daß dem legendären Bezwinger des Kalydonischen Eber keine Kirche geweiht ist, daß es S. Meleagro nicht gibt. Ich beichtete ihm, daß ich – entschuldigt durch Weinlaune – den S. Meleagro schlichtweg erfunden hätte. Er lachte. Aber ganz, habe ich den Verdacht, glaubte er mir nicht. Er ist den Gedanken nie mehr losgeworden, daß es vielleicht S. Meleagro doch gibt und daß er sie eines Tages in einem der verborgensten Winkel Roms noch findet. Von seinem Bett aus, erzählte Weltin, blicke er direkt auf den Giordano Bruno: »Also nicht auf Giordano Bruno, der starb im Februar 1600 auf dem Campo dei Fiori den schrecklichsten Tod; er wurde von der Sacra Congretatio Sancti Officii von einem lebendigen Menschen unter unvorstellbaren Qualen zu etwa einem Kilogramm Asche verbrannt. Verbrennen Sie sich einmal einen Finger an einer heißen Herdplatte: wie weh das tut, wenn Sie nur einen Moment mit der glühenden Platte in Berührung kommen. Und das, ich bitte Sie, am ganzen Körper und zwei, drei Stunden lang. Ich hoffe, der zuständige Cardinal schmort in der Hölle.«

»War das Bellarmin?«

»Nein. Der ist erst 1602 Mitglied des Sanctum Officium geworden. Der schmort aber auch. Wegen Galileo Galilei.«

»Ich weiß«, sagte ich, »aber Bellarmin ist doch heiliggesprochen?«

»Ich glaube«, sagte Weltin, »die Ritenkongregation, die für Selig- und Heiligsprechungen zuständig ist, würde sich wundern, wenn sie wüßte, wieviel Heiliggesprochene dort unten in den Wurstkesseln sieden.«

»Gibt es eine Hölle?«

»Das ist eine ganz andere Frage. Der Theologe Urs von Balthasar, der immerhin nicht als Häretiker gegolten hat, hat gesagt: eine Hölle gibt es schon, aber sie ist leer.«

»Sie kennen sich aber gut aus«, sagte ich, »nicht nur bei

den kleinen Kirchen, sondern auch bei der Großen Ecclesia.«

»Es geht«, sagte Weltin, »ich weiß, was einem halt so zufliegt, wenn man sich für alles, was es in Rom gibt, interessiert. Dabei bin ich, muß ich zu meiner Schande gestehen, nicht das, was man *gläubig* nennt. Katholisch schon«, sagte er schnell, »gläubig nicht. Ich könnte der Sache wieder nähertreten, wenn sich das Heilige Offizium entschlösse, fünf Männer zu rehabilitieren: Markion, Origenes, den erwähnten Giordano Bruno, Galilei und Ignaz von Döllinger. Und mindestens seligsprechen, die fünf.«

Die Antike ist für uns von oben her abgenagt. Das haben Barbaren, Banausen und vor allem der Zahn der Zeit besorgt. Erst ist der Schmuck gestohlen worden, dann sind die feineren Zierate abgebrochen, dann ist das Gebälk eingestürzt, dann sind die Säulen umgefallen, dann das Mauerwerk zerbrochen. Von den meisten Gebäuden des Altertums sind nur die Grundmauern auf uns gekommen. Das einzige antike Gebäude, das seine Bedachung nicht verloren hat, ist das Pantheon, dessen Kuppel, ein Weltwunder, die Zeiten überstanden hat. S. Maria Rotonda heißt das Pantheon, aber es hat diesen Namen nie eigentlich angenommen. Die Antike ist stärker, zumindest hier. Auch in anderen Kirchen Roms wie überhaupt in Italien ist von Andacht wenig zu spüren. Speziell der Glaube der Römer ist nüchtern und alles andere als innig. Sie brauchen ja auch nicht zu *glauben*, sie wohnen so nahe den Quellen, wo man *weiß*: im Sant' Uffizio weiß man alles genau, dort, wo die Buchhaltung der Ewigkeit ihren Sitz hat. Tiefere Religiosität ist da nicht erforderlich. Das strahlt auf ganz Rom aus, und den Römern genügt es, wenn die *anderen* glauben. In keiner Kirche aber ist der christliche Geist so weit zurückgedrängt wie im Pantheon. Ich bin sicher, daß viele, die da hineingehen, sich gar nicht vergegenwärtigen, daß sie in einer Kirche sind. *Pantheon*: das Allgötterhaus. Vielleicht war es so, daß sich alle die Götter, die von Kaiser

44

Theodosius am 28. Februar 380, einem Freitag, abgesetzt
worden waren, in diese Feenkuppel zurückzogen, und
dort wohnen sie noch heute, und gegen diese komprimier-
ten Gottheiten kommt ein Federstrich, der den Ort in
S. Maria Rotonda umbenennt, nicht an. Oder vielleicht
hat die Muttergottes in ihrer Güte dieses Gebäude pro
forma übernommen, damit der Papst sich zufrieden gibt,
und gewährt den heidnischen Vettern ihren Schutz. Es ist
eh wenig genug, wenn man bedenkt, was ihnen vorher alles gehört hat.

Und im Pantheon stand jener alte Mann aus der Bar
Sant' Eustachio. Er hatte eine Mütze auf dem Kopf: eine
Art Schiffchenmütze, dunkelblau mit einem kleinen,
kurzen Bommel vorn. Ich stutzte. Ich war, wie man so
sagt, befremdet, wußte aber im Augenblick nicht, worüber. Dann dämmerte es mir herauf: das hier ist ja eine
Kirche, und er hat in der Kirche eine Mütze auf. Wer in einer katholischen Kirche eine Kopfbedeckung trägt, ist entweder weiblichen Geschlechts oder zelebrierender Geist-
licher. Allenfalls dürfen gewisse Uniformierte den Kopf-
putz aufbehalten: zum Beispiel bayrische Gebirgsschüt-
zen, die die Vollständigkeit ihrer angeblich uralten Tracht
über die Ehre des Altares stellen. War der Alte, der da
stand, uniformiert? Seine Uniform beschränkte sich auf
die Mütze, im übrigen trug er einen Anzug, der in älterer
erbaulicher Literatur als: geflickt aber sauber, umrissen
worden wäre. Der Alte war derjenige, den ich in der Bar
Sant' Eustachio gesehen hatte und der mir damals bekannt
vorgekommen war. Natürlich hatte ich ihn vorher schon
gesehen: nämlich hier im Pantheon.

Er hielt Wache. Ein anderer Posten stand gegenüber,
auch ein alter Mann, auch mit einer blauen Mütze. Die
Waffe der Posten war ein Kugelschreiber. Ich näherte
mich meinem Alten. Er schaute freundlich zu mir her. Er
stand – genauso wie sein diametrales Gegenüber jenseits
des Tempelrunds – neben einem hölzernen Pult, auf dem
ein großes aufgeschlagenes Buch lag. Haltung und Miene

45

des Alten waren aus unzähligen Facetten gemischt: militärisch, brav, freundlich, bescheiden, sicher, unaufdringlich, treu... einer der letzten, der die Wache vor dem toten Feldherrn hält. So ungefähr. Das Pult mit dem Buch war fast größer als der Alte samt Mütze.

Als ich mich näherte, trat der Alte – unbeschreiblich dezent und offensichtlich bemüht, auch nur jeden Schein der Aufdringlichkeit zu vermeiden – einen Schritt zu mir her, machte eine kleine Verbeugung und lächelte. Außer Raffaels Grab befinden sich im Pantheon die Sarkophage von König Vittorio Emanuele II. und Königin Margherita. (Vittorio Emanuele II. reitet auch überlebensgroß vor der Weißen Schreibmaschine auf dem Capitol, kann aber für das verheerende Bauwerk nichts, denn es wurde erst lang nach seinem Tod errichtet.) Das sei, flüsterte mir der Alte zu, das Buch, in das jeder seine Unterschrift setzen könne, der die Wiedereinführung der Monarchie befürworte.

Die, wenn man so sagen kann, Wachstube der Königstreuen befindet sich in einem Hinterzimmer eines Ladens in der Via Minerva, seitlich des Pantheons. Dort sitzen die alten Männer, bevor sie ihren freiwilligen Dienst antreten; dort hängen auch die Mützen. In einem Regal liegen die Bände mit den bereits gesammelten Unterschriften. Viele sind es nicht. Die Wachhabenden werden auch immer weniger. Jedes Jahr wird mindestens einer zur endgültigen Audienz abberufen.

Ob ich, hatte ich gefragt, auch unterschreiben dürfe, obwohl ich Ausländer sei?

Man sehe das nicht so eng, sagte der Alte und reichte mir mit einer Andeutung von Salutieren den Kugelschreiber. Ich unterschrieb, er salutierte wieder und dankte. Dann trat er zurück in seine stumme Dienstlichkeit für die aussichtslose Sache seines verstorbenen Königs. Vorher aber hatte er mir noch zugeflüstert, daß man drüben in der Via Minerva kostenloses Informationsmaterial erhalten könne.

Ich ging also hinüber, bekam das kostenlose Informati-

46

onsmaterial, das unter anderem eine Photographie des Ex-Königs Umberto II. mit Unterschrift enthielt. Die Unterschrift war nur faksimiliert, leider. Ich setzte mich an einen Tisch vor einer Bar an der Piazza Rotonda, bestellte einen Campari mit Soda und studierte das Material, ich gebe zu: etwas halbherzig.

Im Hinterzimmer des Ladens in der Via Minerva hatte ich noch nach dem Namen des Alten gefragt.

»Welchen meinen Sie? Den, der vor dem Grab Ihrer verewigten Majestät, König Vittorio Emanuele des Zweiten, oder den, der vor dem Grab Ihrer verewigten Majestät, der Königin Margherita, steht?«

»Ihrer verewigten Majestät König Vittorio Emanuele des Zweiten«, sagte ich.

»Das ist Gai«, sagte der Mann, der mir das Informationsmaterial gegeben hatte, auch ein Alter, und fügte den mir nicht verständlichen Satz hinzu: »Sie müssen wissen, wir sind auf jeden angewiesen; große Ansprüche können wir nicht stellen.«

»Ja, nun«, sagte Oberstaatsanwalt Weltin, nachdem wir den Marienhymnus gehört hatten und nun das Dessert serviert war, »die savoyardische Monarchie ... ich hätte gern eine Monarchie, bei uns und auch hier, weil ich es mir so schön vorstelle, wenn ich dann ein so recht königstreuer Republikaner sein könnte. Und sehen Sie: ich habe einen Namen, der nicht grad überwältigend schmückt. So ein kleines ›von‹ davor ... nun gut: – übrigens weiß ich eigentlich nicht, warum man in einer Republik nicht adeln kann. Was hindert den Bundespräsidenten daran? Aber das nebenbei. Ich bin aber *auch gegen* die Monarchie, weil ich die Savoyarden nicht mag. Daß das ganze Risorgimento ungesetzlich war, dürfte wohl klar sein.«

»Aber rückgängig machen lassen wird es sich kaum.«

»Wer weiß. Die Römer wären heute froh, wenn Sizilien und Neapel noch selbständig wären, und sie hätten nichts mit dem ganzen Mezzogiorno zu tun.«

»Immerhin haben die Savoyarden, also jener Vittorio

Emanuele, und sein Minister Cavour und Garibaldi den Kirchenstaat beseitigt.«

»So? Das rechnen Sie als Verdienst?«

»Soweit ich informiert bin, war die päpstliche Regierung das bornierteste, was sich überhaupt denken läßt. Gregor XVI. soll sogar verhindert haben, daß Eisenbahnen im Kirchenstaat gebaut werden, weil er sie für Teufelswerk hielt. Chemin d'enfer, soll er gesagt haben.«

»Nicht so voreilig. Sind Sie *heute* ganz sicher, daß dieser ganze Fortschritt *Engels*werk war? Ich sage nur: Ozonloch, Treibhauseffekt –«

»Und Sie meinen, Gregor XVI. hat das vorausgeahnt?«

»So weit würde ich nicht gehen. Das Argument brauche ich auch nicht. Mir genügt die Legitimation des Kuriosen. Der Kirchenstaat war ein Kuriosum. Ein Priesterstaat. Die von Ihnen erwähnte, letzten Endes doch gebaute päpstliche Eisenbahn! Eine päpstliche Kriegsflotte – ewig schade drum. Bis vor einigen Jahren waren im kaum je von irgendwem besuchten Museo Storico im Vatican –«

»Nur von Ihnen besucht – zwischen zwei kleinen Kirchen.«

»Ja. Da waren die Flaggen der beiden letzten Pontifical-Kriegsschiffe ausgestellt: des Kreuzers *San Pietro*, der sich am 26. September 1860 in Ancona ehrenvoll den Österreichern ergab, und der Korvette *Immacolata Concezione*. Das muß man sich vor Augen halten: eine Korvette, die ›Unbefleckte Empfängnis‹ hieß. Wo hat es das sonst noch auf der Welt gegeben? Ein Kuriosum. Die Welt lebt, behaupte ich, von Kuriosa. Warum, frage ich Sie, wird sich das an und für sich vernünftige Esperanto nie durchsetzen? Weil es nur Regeln hat und keine Ausnahmen. Eine Sprache ohne Ausnahmen von ihren Regeln ist unerträglich. Das Regelmäßige ist der Tod.«

»Der sogenannte Ernst des Lebens.«

»Der Ernst des Lebens ist tödlich.«

»Aber jetzt weiß ich immer noch nicht, ob Sie für oder gegen die, wie Sie sagen, savoyardische Monarchie sind?«

»Ich bin selbstverständlich dafür – wenngleich es mir schwerfällt.«

»Aber große Sorgen bereitet sie Ihnen nicht? Ich glaube zu beobachten, daß ihre Wiedereinführung nicht *un*mittelbar bevorsteht.«

Weltin blieb ernst: »Die Mitglieder des Hauses Savoyen waren so widerwärtig. Alles boshafte Zwerge oder heimtückische Nörgler oder aufgeblasene Hohlköpfe... dennoch bin ich selbstverständlich dafür; besser als gar nichts.«

Der römische Abend hatte sich ziegelrot in die Gassen des Trastevere niedergesenkt. Die Lampen über den Tischen waren so hell, daß alles darüber im Dunkeln verschwand. Die Gasse schien wie ein lärmiger Speisesaal. Es war halb neun Uhr. Die Kellner rannten hin und her und trugen auf, was man im »Arco di San Callisto« am liebsten ißt: Fische und Muscheln. Die Gasse ist eng, und die Hälfte davon ist auch noch Gastgarten, durch Büsche in Kübeln abgetrennt. Wir, Oberstaatsanwalt Weltin und ich, waren früh dagewesen; wir hatten deswegen einen schönen Tisch ganz hinten im ruhigsten Eck bekommen. Ruhig, aber doch mit Überblick über das ganze Leben hier. Der Gitarrenspieler und seine Frau sangen im Duett und sammelten ab.

»Ob diese Lieder echt sind?« fragte ich. »Oder ist das alles nur noch Tourismus?«

»In Rom ist der Tourismus so alt, daß sogar das Falsche schon wieder echt ist.«

Später kam der rührende Mandolinenspieler. Er sieht aus wie ein Buchhalter, korrekt gekleidet, hat sogar eine Aktentasche dabei, aber eben auch in einer Tuchhülle eine Mandoline, auf der er zirpt. Es ist kaum zu hören bei dem Lärm. Noch später singt die Alte. Die Alte, mit einem Gesicht wie eine faltige Sibylle, singt unentgeltlich. Sie wohnt drüben, schrag auf der anderen Seite im ersten Stock. Fast jeden Tag macht sie den Fensterladen auf und singt vor sich hin.

»Was singt sie?« fragte Weltin den Kellner.

»Man versteht nichts«, sagte der und kehrte rasch die Brösel vom Tisch, stellte eine neue Karaffe mit Frascati hin, »sie hat keine Zähne. Una pazza.«

Es ist zehn Uhr. Die Mauern sind noch warm, die Nacht aus Ocker und Umbra. Aus der Küche riecht es immer noch nach Olivenöl und Muscheln. Weltin schenkt vom Frascati nach. Eine römische Nacht.

»Ich bin«, sagte Weltin, »immer auf der Seite der Unterlegenen, so komisch das klingt. Weil ich doch in meinem Leben draußen –« er meinte: außerhalb Roms »– ein Staatsanwalt bin. Aber was –! Ich bin auf seiten der Verlierer.«

»Das ist ein Zug, den Sie mit vielen Menschen teilen. Ich behaupte: mit dem besseren Teil. Nur die Unfeinen schreien mit den Siegern.«

»Die Stuarts, zum Beispiel. Sie kennen das edle Grabmal von der Hand Canovas im Petersdom? Sicher – was gibt es nicht alles gegen die Stuarts einzuwenden! Ihre enorme Geistesbeschränktheit! Aber das Unglück, die Melancholie zwingt mich auf ihre Seite. Und schließlich: sie haben den Stuartkragen eingeführt. Was haben die Hanoverians eingeführt? Das Pferdegebiß. Nein, nein: ich bin Jacobite. Oder das Christentum. Ich sagte Ihnen schon: ich bin nicht das, was man gläubig nennt, jedenfalls nicht in dem Sinn, wie es das Sant' Uffizio möchte, dazu kenne ich die Evangelien zu gut –«

»Trotzdem sind Sie für die Wiedererrichtung des Kirchenstaats in seiner früheren Ausdehnung?«

»Weil ich für die Unterlegenen leide.«

»Ich habe heute für die Wiedererrichtung der savoyardischen Monarchie unterschrieben.«

»So? Wo?«

»Im Pantheon.«

»Kann man das?«

»Man kann, ich fürchte nur, es hilft nicht viel. Außerdem: die Savoyarden waren ja diejenigen, die Ihren Papst Pius IX. vertrieben haben –«

»Aber inzwischen sind sie selber Verlierer geworden. Ach: es häufen sich in der Geschichte Verlierer auf Verlierer. Die Welthistorie: ein Komposthaufen von Niedergeschlagenen.«

»Ich habe aber vorhin Ihren Gedankengang unterbrochen. Sie waren beim Christentum angelangt.«

»Es ist ein Elend«, fauchte Weltin, »kaum, daß die Kirche von der Geißel der Christenverfolgung befreit ist – 313 durch den Kaiser Constantin – was tut sie? Sie beginnt endlosen, haarspalterischen theologischen Zank. Monotheleten, Monophysiten, Realmonophysiten, Verbalmonophysiten, Niobiten, Damianiten, Arianer, Apollinarier, Aktisteten, Monoenergeten, vom Drei-Kapitel-Streit ganz zu schweigen…«

»Was alles letzten Endes zu den Scheiterhaufen für Häretiker führen sollte.«

»Völlig unverständlich aber ist mir«, sagte Weltin, »daß die Christen, kaum daß sie selber nicht mehr verfolgt wurden, sofort anfingen, ihrerseits diejenigen unduldsam, unerbittlich und gnadenlos zu verfolgen, die nicht ihrer Meinung waren. Eine scheußliche Sache. Jesus Christus muß sich im Grab umgedreht haben.«

»Sie halten es auch hier mit den Verlierern?«

»Die Sache mit der Victoria in der Curia. Kennen Sie die?«

»Nein.«

»Da hat eines Tages, es war gegen Ende des 4. Jahrhunderts, der Blitz in der Curia eingeschlagen und die altehrwürdige Statue der Victoria zerstört. Diese Victoria galt als Unterpfand der römischen Weltherrschaft, und die wenigen, die damals noch die Würde und Tradition Roms hochhielten, obwohl sich das historische Glück längst schon abgewandt hatte, waren der Ansicht, daß man wieder eine Victoria aufstellen sollte. Der Römer Symmachus, ein gelehrter Mann, Senator und aus altem Adel, einer, der sich noch nicht dem neuen christlichen Modetrend angeschlossen hatte, trug die Bitte dem Kaiser vor, das war Va-

51

lentinian II., der in Mailand residierte, und der Kaiser, obwohl modischer Christ, wäre geneigt gewesen, diese nun wirklich bescheidene Bitte zu erfüllen, aber da heizte ihm dieser heilige Ambrosius, eine der widerwärtigsten Figuren seiner Zeit, heizte der ihm mit Schilderungen der Höllenstrafen dermaßen ein, daß Valentinian dem Senat die Aufstellung einer neuen Victoriastatue verbot. Oder: da haben die Christen in einer Stadt namens Kallinikos irgendwo im Orient in einem schönen, frühen Beispiel von Antisemitismus eine Synagoge angezündet. Der Kaiser verfügte, was nur recht und billig ist, daß die mordbrennende Christenhorde den Wiederaufbau der Synagoge bezahlen müsse. Und schon war wieder der Ambrosius zur Stelle und prophezeite dem Kaiser ewige Höllenqualen, wenn er verlange, daß die Christen auch nur einen Pfennig zahlen müssen. Die Juden mußten ihre Synagoge aus eigenen Mitteln wieder aufbauen und noch dankbar dafür sein, daß sie es überhaupt durften.«

Der Abend wich der Nacht. Die Mauern erkalteten, die silbergrauen Schatten wehten auf die Plätze. Nur noch wenige Autos quetschten sich durch die engen Gassen; schon viele Tische waren frei geworden, nur noch selten kam ein neuer Gast. Die Kellner standen mit verschränkten Armen an die Wand gelehnt. Weltin bestellte eine neue Karaffe Frascati. Einer der späten Gäste war ein alter Mann. Ich erkannte ihn sofort.

Es gibt Leute, die fahren mit irgend jemand Wildfremdem in der Straßenbahn, kommen ins Gespräch und wissen nach drei Stationen die Lebensgeschichte des anderen, Familienverhältnisse, Krankheiten, Schwierigkeiten und selbst, was zu dem betreffenden Abend voraussichtlich gekocht wird. Kontaktfreude nennt man das, und es ist wahrscheinlich eine höchst freundliche Eigenschaft, die einem das Leben erleichtert. Mir stellen sich schon die inneren Stacheln auf, wenn mich in vergleichbaren Situationen einer auch nur anschaut und sich vorbereitend räuspert. Oberstaatsanwalt Weltin ist auf dem Mittelweg angesiedelt: in Deutschland reagiert er wie ich, in Italien ist er die Kontaktfreude selber, nicht zuletzt deswegen, weil er gern sein brillantes Italienisch funkeln läßt.

Als ich ihm in ein paar Sätzen erzählt hatte, was ich von Signore Gai wußte, wurde er ganz wepsig und rutschte auf seinem Stuhl hin und her. Inzwischen waren alle Gäste bis auf den Alten und uns gegangen. Der Alte hatte ein Glas Wein vor sich stehen und aß einen eher kümmerlichen gebratenen Fisch. Ich halte es nicht für ausgeschlossen, daß der Alte, so wie er da saß, nicht ein zahlender Gast, sondern ein Almosenempfänger des Wirtes war. Weltin stand endlich auf, ging zu dem Alten hinüber, verbeugte sich ein wenig und lud ihn ein, sich zu uns zu setzen. Nach Überwindung sichtlich echten Zögerns folgte Gai der Einladung, nahm seinen Teller, sein Glas und kam.

Weltin bestellte eine Käseplatte für uns drei und weiteren Wein, diesmal roten. Nicht mehr sehr dienstbeflissen brachte es der Kellner. Es ging auf Mitternacht.

Das Gespräch ging stockend; nicht aus sprachlichen Gründen, denn Weltin sprach, wie erwähnt, sehr gut italienisch. Das Gespräch ging stockend, weil Signor Gai vermutete, daß wir irgend etwas von ihm wollten und nicht wußte, was. Es lockerte sich auch nicht, als sich Weltin als Monarchist zu erkennen gab. Als ich, um Gesprächsstoff einzuführen, Weltin als Kenner der kleinen Kirchen Roms pries, wurde Gai eher noch verschlossener.

Als der Käse gegessen und der Wein ausgetrunken war, bezahlte Weltin, und wir gingen. »In die Bar Sant' Eustachio«, sagte Weltin, »Sie sind eingeladen.«

Auch in der Bar Sant' Eustachio war Gai, wie ich jetzt bemerkte, nicht Gast, sondern Almosenempfänger. Der eine Kellner, der lange semmelblonde, rief nämlich, als er Gai erblickte: »Ich glaube, du hast diese Woche schon dein Deputat gehabt.« »Sie zahlen«, sagte Gai und deutete auf uns, »auch für mich.«

Wir setzten uns hinaus. Die Bar Sant' Eustachio bietet nicht nur hervorragenden Kaffee aus eigener Brennerei,

53

sondern auch mehrere Sorten vorzüglicher Grappe. *Das* endlich lockerte Gais Zunge.

»Was heißt: kleine Kirchen«, murrte er, »was heißt: große Kirchen. Was heißt: Christen. Was weiß man von Christus? Gar nichts. Wer weiß, wieviel die Evangelisten erfunden haben. Alles haben sie niedergetrampelt. Alles andere ausgelöscht. Mit welchem Recht? Wer gibt ihnen das Recht anzunehmen, daß ihr Gott der richtige ist?«

»An welchen Gott glauben *Sie*?« fragte ich.

»Gibt es einen richtigen Gott? Wenn es einen Gott gibt, dann ist es der richtige. Mehr als *einen* kann es nicht geben, weil es dann kein Gott wäre, wenn Sie wissen, was ich meine. *Zwei* oder gar noch mehr können nicht jeder allmächtig sein. Wenn Sie wissen, was ich meine. Und da es nur Einen Gott gibt, wenn überhaupt, dann ist es schon der richtige. Da brauche ich keinen Papst, um das zu wissen.«

»An welchen Gott glauben *Sie*?«

»An den richtigen.«

»An Ihren richtigen?«

»Jedermanns richtigen.«

»Wie heißt Ihr Gott?«

»Gott kann keinen Namen haben, sonst wäre er nicht Gott. Ich führe Sie wohin.«

»Wie bitte?«

»Ich bin jetzt«, sagte Gai, »dreiundsiebzig Jahre alt. Meine Eltern sind natürlich längst tot. Geschwister habe ich nie gehabt. Seit einundvierzig Jahren bin ich Witwer. Mein einziger Sohn ist mit einundzwanzig Jahren an Krebs gestorben. Ich habe niemanden. Seit achtunddreißig Jahren hat mir niemand mehr zugehört, wenn ich etwas gesagt habe. Erst Sie. Ich führe Sie wohin.«

»Und wohin?«

»Wo ich noch niemanden hingeführt habe.«

Wir gingen durch das nächtliche Rom. Das Travertinpflaster gibt den Schritten ein eigenes, unverwechselbares Geräusch: für den, der Rom liebt, Musik. Wir gingen am

54

Pantheon vorbei, über die Piazza Capranica bis in eine Gasse in der Nähe von San Lorenzo in Lucina. Gai sperrte die Tür eines schmalen Hauses auf. Viele Häuser sind alt in der Gegend, manche stammen noch aus dem Mittelalter.

»Ganz unter dem Dach wohne ich«, sagte Gai, »fragen Sie nicht: *wie*.«

Er führte uns aber nicht hinauf, sondern hinunter. Der Keller war voll Gerümpel. Wenn in zweitausend Jahren Archäologen diesen Keller freilegen, dann können sie mühelos die Zusammensetzung unserer Konsumzivilisation rekonstruieren.

»Keiner im Haus kennt das«, sagte Gai, und räumte einen Schubkarren weg, dem das Rad fehlte und in dem ein kleiner Berg Zement festgebacken war, »und das Merkwürdige ist, daß ich es nicht ahnte, als ich hier eingezogen bin. Wer ahnt schon sowas.« Er räumte einige zerfressene Rollen Bodenbelag zur Seite. »Oder ich habe es doch geahnt, ohne daß ich es selber bemerkt habe. An einen Zufall ist ja da fast nicht zu glauben.« Eine eiserne Tür kam zum Vorschein. »Nicht einmal der Padrone kennt diese Tür. Der Padrone, der Hausbesitzer, ist ein reicher Bauer aus Settecamini. Er kümmert sich gar nicht um das Haus. Es verkommt auch alles. Nur die Miete kassiert er.« Gai sperrte die Tür auf. »Die Tür habe *ich* einsetzen lassen. Es hat mich viel Geld gekostet. Vor allem aber war es schwierig, vor den beiden Maurern das zu verbergen, was hinter der Tür ist. Aber es ist mir gelungen. Niemand weiß was davon.« Hinter der Tür führte ein enger Gang steil abwärts. Einer, der unter Klaustrophobie leidet, würde nicht hinuntergehen. »Wenn die Soprintendenza per i beni culturali davon erführe – nicht auszudenken.«

Gai schaltete seine Taschenlampe ein. Auf einem Relief war ein Mann in phrygischer Mütze dargestellt, der einen Stier tötet. Ein Hund leckt das Blut des Stieres auf, ein Krebs zwickt in die Hoden des Stieres, links und rechts zwei Jünglingsgestalten – in anderer Dimension, größer als der Stier – jeder mit einer Fackel, der eine hält sie nach

55

oben, der andere zu Boden. Der Stein stand in einem Halbrund, links und rechts davon steinerne Bänke.

»Ach –«, sagte Weltin.

Ein Mithräum. Nie hatte ich so eine vollständig und unversehrt erhaltene Mithrasdarstellung gesehen. Gai kniete nieder.

Ich nahm Abschied von Rom. Oberstaatsanwalt Weltin blieb noch ein paar Tage. Vielleicht wollte er, sozusagen hinter seinem eigenen Rücken, auf die Suche nach S. Meleagro gehen. Wir saßen, ich hatte meinen Koffer schon bei mir, im *Caffè Greco*. Ich aß unter Tränen zwei Tramezzini und trank aus einer der weltberühmten weißen Tassen mit dem orangenen Decors einen *caffè lungo*.

»Daß ich das noch erleben durfte«, sagte Weltin.

»Einer«, sagte ich, »der an den Mithras glaubt.«

»Der letzte«, sagte Weltin.

»Ich glaube gelesen zu haben«, sagte ich, »daß, wenn die Gunst der Weltgeschichte sich damals im dritten, vierten Jahrhundert nicht dem Christentum zugewandt hätte, die Welt *mithräisch* geworden wäre. So weit war in der Spätantike der Mithraskult verbreitet.«

»Das hat Ernest Renan in seiner Hadrian-Biographie gesagt, aber es ist zu bezweifeln. Der Mithraskult war für Frauen unzugänglich, das ist immer schlecht für eine Religion. Und dann haben die Mithrasanhänger keine Proselyten gemacht. Im Gegenteil: die Aufnahme in den Kult war vom Bestehen schwieriger Prüfungen abhängig.«

»Wenn Gai stirbt«, sagte ich, »ist die Geschichte des Mithraskultes zu Ende.«

»Mithras ist der einzige Gott der Mysterienreligionen, zu denen ja auch das Christentum zählt, der kein tragisches Schicksal erleidet. Das sage nicht ich, nicht, daß Sie meinen, ich wolle mit Kenntnissen protzen; das sagt Mircea Eliade.«

»Mithras triumphiert.«

»Bis jetzt. Bis Gai stirbt. Wenn Gai gestorben ist –«,

Weltin blickte, um mit Nestroy zu reden, düster in seinen Espresso, »– dann ist auch Mithras tot.«

Ich schaute auf die Uhr. Es war Zeit. Ich zahlte, verabschiedete mich vom Kellner Carmine und vom Kellner Pietro; Weltin brachte mich zum Taxi vorne an der Piazza di Spagna. Damals gab es die Schnellbahn zum Flughafen noch nicht. Ich fuhr mit dem Bus hinaus.

An welcher Stelle verläßt man Rom? Wo ist der Punkt? Die Ankunft ist, für meinen Privatgebrauch jedenfalls, klar: wenn ich mit dem Zug ankomme, betrete ich Rom erst auf dem lärmigen, schwarzen Perron von Roma Termini, wo zwischen Betonpfeilern nie benutzte Wasserhähne und Ausgüsse eingemauert sind. Komme ich mit dem Flugzeug, benutze ich den Flughafenbus der *Acotral*, und da »betrete« ich Rom (im übertragenen Sinn, ich sitze ja im Omnibus), wenn auf der Via Ostiense Sao Paolo ins Blickfeld kommt. Aber an welcher Stelle *verlasse* ich Rom? Das kann ich nicht sagen. Die Seele kommt erst später nach. Sie hält sich noch an den Obelisken fest, wenn der Körper sich schon längst nach Norden entfernt hat, und erst nach Tagen löst sie sich widerwillig und folgt dem Körper, die Via Flaminia entlang, zäh, schmerzlich, immer wieder zurückblickend. Vielleicht erstarrt sie eines Tages zur Salzsäule, an der Milvischen Brücke, und der Regen wäscht sie kleiner und kleiner und schwemmt die Kristalle meiner Seele an die Ufer des Tiber, dorthin, wo auch der tote Gott Mithras gelebt hat.

David in Rom

Dr. Kappa hatte eigentlich nichts damit zu tun, aber Davids Eltern wandten sich an ihn, weil sie die seltsamen Vorfälle im Hotel *Constanzi* nicht selber den Carabinieri melden wollten, denn, so sagte Davids Vater, »wer weiß, ob die mich verstehen, und ich kann zu wenig Italienisch, um so einen komplizierten Sachverhalt darzulegen.« Davids Mutter meinte, den Beobachtungen eines Kindes – David war wenig mehr als zehn Jahre alt – würde die Polizei ohnedies keine Bedeutung beimessen. Den Portier des Hotels wollten Davids Eltern nicht ins Vertrauen ziehen, weil nach Lage der Dinge recht unsicher erschien, ob der nicht womöglich in die dunkle Angelegenheit verwickelt war.

Es ging damit an, daß Davids Eltern zu Pfingsten und die Woche danach nach Rom fuhren. David war von vornherein dagegen. Davids Vater war ein sogenannter Rom-Narr: er kannte, obwohl er (zu seinem Leidwesen) nie in Rom gelebt hatte, alle Kirchen, selbst die kleinsten, wußte, wo die hinterletzte S. Teofilo-Kapelle liegt, und es waren ihm sogar Kirchen geläufig, die es schon ein paar hundert Jahre lang nicht mehr gab. Es kam vor, sagte Dr. Kappa – der einräumte, daß er, der nun schon seit fast zwanzig Jahren in Rom lebte, Davids Vater in puncto Kirchen nicht das Wasser reichen könne –, daß Davids Vater im Omnibus plötzlich aufschrie, zu Boden deutete, und begeistert ausrief, während der Omnibus an der roten Ampel stand: »Da! da!« »Was ist?« fragte David. »Da ist früher die Kirche Santa Elefanta gestanden.« – »Gähn – gähn«, pflegte David darauf zu sagen. Aber nicht nur Kirchen: auch Tempel, Paläste, Säulen, Brunnen, Obelisken kannte Davids Vater in allen Einzelheiten, und wo er ein altes Mauerstück sah, blieb er stehen und schnüffelte daran herum. »Ich vermute«, sagte er dann zum Beispiel, »daß es sich hier um die Reste des berühmten Froschius-Tempels han-

58

delt.« – »Ächz, ächz«, sagte David. Und natürlich kannte er jeden Papst: wie lang Nasipopulus der Achtkommazweite regiert hat, und daß die Bulle »Nunc lecto adscendiamus« im Jahre tausendzweiundschneezig erlassen worden ist. Kurzum: ein Rom-Narr. Davids Mutter und erst recht David konnten schon seit Jahren das Wort *Rom* nicht mehr hören, aber in jenen Pfingstferien brachte Davids Vater seine Frau und seinen Sohn mit Hilfe der Drohung, daß er sonst die Sommerferien am Meer streichen würde, so weit, mit nach Rom zu fahren.

Schon auf der Fahrt wurde David krank. Da in jenen Pfingstferien offenbar alle Rom-Narren nach Rom fuhren und da Davids Vater zu lange gebraucht hatte, um seine Familie durch die erwähnte Drohung weich zu machen, bekam er weder einen Flug noch einen Schlafwagen. Also mußten sie untertags fahren. Die Reise war elend lang: vierzehn Stunden und dazu noch zwei zusätzliche Stunden Verspätung. Als David mit seinen Eltern abends um elf Uhr vor dem matt erleuchteten Bahnhof Termini in der Menschenschlange stand, die auf Taxi wartete, fieberte er bereits. Davids Mutter wäre eigentlich am liebsten gleich auf dem Absatz umgedreht und in einen Zug zurück nach München gestiegen, aber erstens war der letzte Nachtzug schon weg, und zweitens war das Argument des Vaters nicht von der Hand zu weisen: daß man den Buben besser in einem bequemen Hotelbett ausschlafen lassen solle, als ihn wieder für vierzehn Stunden in ein Zugabteil zu zerren.

Das Hotelbett war dann auch bequem. David kuschelte sich in die vielen Kissen, Decken und Plumeaus. Das Hotel war groß und hell erleuchtet. Ein Boy in einer blauen Uniform hatte Davids Tasche an sich genommen, und mit Mühe konnte David verhindern, daß der Boy auch Davids Stofflöwen Leo und das sogenannte Kuschelkissen an sich nahm. David reiste nicht ohne den Stofflöwen und ohne ein grünweiß gemustertes, an den Ecken abgenagtes Kissen. Er legte auch Wert darauf, den Löwen und das Kissen stets selber zu tragen. Die Eltern gingen hinunter ins Restaurant des Hotels. Obwohl es schon fast Mitternacht war, hätte David heute natürlich mitgehen dürfen, aber David hatte keinen Hunger, aß nicht einmal eine Schokolade und zog es vor, sich ins Bett zu legen. Er schlief aber nicht gleich.

Die Eltern hatten eine Suite gemietet, das heißt: ein Wohn- und ein Schlafzimmer und ein Bad hinter dem Schlafzimmer. Im Wohnzimmer stand eine große Couch, die vom Zimmermädchen in ein breites Bett für David umgewandelt worden war. Und im Wohnzimmer stand der Fernseher. Leider mit ausschließlich italienischem Programm. Wie er bedient wurde, fand David schnell heraus. Er schaltete, nachdem die Eltern nach unten gegangen waren, den Apparat aber bald wieder ab und inspizierte die Aussicht aus den Fenstern. Drei Fenster der Suite gingen auf den Garten des Hotels, die zwei anderen auf eine schmale Gasse, die von der breiten, laut befahrenen Straße, an der der Haupteingang des Hotels »Constanzi« lag, abzweigte. Direkt gegenüber dem Hotel in dieser Seitengasse, scheinbar zum Greifen nahe, stand ein großes, finsteres Haus mit Fenstern ohne Vorhänge. David fiel auf – es sollte David im Lauf der nächsten Tage noch einiges mehr auffallen an diesem Haus –, daß in keinem einzigen Zimmer Licht brannte. Aber hinter einem der Fenster, genau gegenüber der Suite, stand jemand. Als David hinausschaute, trat die Gestalt vom Fenster zurück und verschwand. David achtete nicht darauf, ging endgültig in sein Bett, drückte sein grün-weißes Kuschelkissen gegen seine Wange und schlief ein.

Am nächsten Tag ging Davids Vater als erstes in eine Apotheke und kaufte Fieberzäpfchen und ein Thermometer. Das Fieber war nicht sehr hoch, aber immerhin war es da. Davids Mutter ließ das Frühstück ins Zimmer bringen; für David Kamillentee mit Zwieback. Davids Vater rief, nachdem er aus der Apotheke zurück war, Dr. Kappa an und ließ sich zur Vorsicht die Adresse eines Arztes geben, der Deutsch konnte. Aber vorerst brauchte man den Arzt nicht.

David versicherte den Eltern, daß er gern allein im Hotelzimmer bliebe, sofern es nicht zu lang dauern würde, daß die Eltern ganz beruhigt in ihr Museum und wohin auch immer gehen könnten, und daß ihm das römische Gerede seines Vaters ohnedies eher »auf den Keks« gehe, und daß es ihn »null-komma-null Bohne« interessiere, welcher Imperator welchen Triumphbogen gebaut habe. So gingen die Eltern. Der Portier unten im Hotel wurde unterrichtet.

David wartete einen Moment und dann zur Vorsicht noch ein paar Momente, ob nicht die Mutter oder der Vater zurückkämen, weil sie dies oder jenes vergessen hatten (womöglich den Kunstführer! Nein. Den Kunstführer vergaß der Vater nie, jedenfalls nicht in Rom; eher vergaß er seine Hose), dann schaltete er den Fernseher ein. So bequem hatte David noch nie ferngesehen: direkt vom Bett aus, mit Fernbedienung natürlich. Außerdem: sechzehn Programme. Daheim hatte er fünf, und die durfte er nur zu genau eingeteilten Zeiten sehen. Sechzehn Programme! Blöd war nur, daß alles nur auf italienisch lief. Aber auf zwei Kanälen gab es Trickfilme, und die versteht man auch so. »Krach – bumm – bäng«, das ist international. Die eine Trickfilmserie handelte von drei Bären, einer war hellblau, einer grünlich und einer rosa, die sich irgendwo verirrten und eine Fee trafen und so fort, eher etwas für Winzlinge oder Mädchen. Die andere Serie war eher nach Davids Geschmack: da flog ein mutiges Geschwisterpaar durch den Weltraum und besiegte ununterbrochen einen Finsterling mit Goldzähnen. Aber ab und zu – David hätte es nie zugegeben –, wenn der Finsterling zu grausig lachte und seine Krallenhände drauf und dran waren, den tapferen Geschwistern die Hälse umzudrehen oder etwas in der Art, schaltete David zu den drei Bonbonbären hinüber, wo dergleichen nervenaufpeitschende Dinge nicht zu erwarten waren. Irgend etwas stimmte an der Fernbedienung nicht (der Vater hatte schon gestern abend geschimpft, als kein Taxi da war am Bahnhof: in Italien funktioniert doch wirklich nichts): sie sprang immer nur von einer Nummer zur nächsten, also zum Beispiel vom sechsten Programm zum fünften oder siebten, *nicht* direkt zum achten. Das Weltallmonster lief auf *elf*, die Bonbonbären auf *sieben*. Also mußte David immer über zehn – neun – acht zurückschalten respective wieder hinauf. Die Programme dazwischen waren nicht der Rede wert – scheinbar!

Der Finsterling verfolgte das Geschwisterpaar, dazu hatte er vier enorme Höllenhunde aus Eisenblech engagiert, die düsengetrieben dem durch einen Unfall ramponierten Raumschiff nachhetzten. Immer näher kamen sie dem Raumschiff, das jetzt außerdem einem radioaktivvergifteten Sternhaufen entgegenflog und dem dann zu allem Überfluß der Treibstoff ausging. Die Situation schien ausweglos; als der vorderste Höllenhund zubiß, schaltete David zurück: zehn – neun... neun: kein Trickfilm, sondern ein richtiger Film. Eine italienische Funkstreife heulte um eine Hausecke. Eine Menge Polizisten stand herum und drängte Leute zurück. Andere Polizisten stürmten ein Haus – alles in allem also irgendeine uninteressante Szene aus einem Kriminalfilm. Merkwürdig war nur, daß, als David auf acht – sieben weiterschaltete, die Polizeisirene aus Programm neun weiterheulte, während die drei Bären die Bienenkönigin trafen, die sie in ihrem Baumstrunkstübchen mit Honigkuchen bewirtete.

David stutzte. Er schaltete zurück. Die Polizeisirene verstummte, aber der Lärm einer Menschenmenge war jetzt zu hören. Die Polizisten kamen wieder aus dem Haus heraus. Ein Reporter quasselte im Vordergrund irgendwas Italienisches ins Mikrophon. David drehte den Ton weg. Der Lärm der Menschenmenge blieb. David legte die Fernbedienung beiseite, stieg aus dem Bett und ging ans Fenster: die Szene, die er im Fernsehen sah, spielte sich auch unten vor dem Haus ab, das in der engen Gasse gegenüber dem Hotel lag. »Aha«, dachte David, »eine Polizeiaktion, die vom Fernsehen *live* übertragen worden ist. Offenbar aber haben sie nichts gefunden.« Ein Polizeioffizier – im Fernsehen sah ihn David von vorn, weit unten vor dem Haus, während er ihn jetzt, draußen auf der breiten Straße, von hinten sah – zuckte mit den Schultern und kommentierte auf italienisch. David erschrak: als er wieder ins Bett gehen wollte, schaute er zum Fenster hinüber, das jenseits der Gasse fast zum Greifen nahe war, und dort stand ein Mann und schaute zu David herüber. (»Typ Araber«, sagte David später.) Als der Mann sah, daß David ihn bemerkte, verzog er sich wieder schnell nach hinten.

Mittags kamen die Eltern ins Hotel zurück. Der Vater brachte drei Hotdogs mit, in Folie verpackt, und eine Dose Cola. »An sich eine Schande«, sagte er, »wo es in Rom in den hervorragenden Gasthäusern so großartige Sachen zu essen gibt, und du ißt amerikanischen Fraß.« – »Laß ihn«, sagte die Mutter, »wenn er doch krank ist.« Überflüssig zu erwähnen, daß Davids Vater außer den Kirchen und Tempeln und Obelisken und Päpsten auch alle römischen Gastwirtschaften kannte. Zum Glück wußte er aber auch, wenngleich mit Abscheu, wo es Hotdogs gab.

David kuschelte sich wieder ins Bett und aß seine Hotdogs. Davids Vater war zwar ein Rom-Narr, aber gerechterweise muß man doch sagen, daß er sonst – ab und zu – akzeptable Seiten zeigte. »So?« sagte er, als David herausrutschte, daß es auf zwei Kanälen Trickfilme gab. Die Mutter sagte zwar: »Jetzt hat das Kind wahrscheinlich den ganzen Vormittag ferngesehen, wo es ohnedies Fieber hat. Wir fahren besser heim. Ich habe nicht gewußt, daß er den Fernseher bedienen kann, und wer denkt schon, daß am hellichten Tag solche Programme laufen.« Aber zum Glück war die Mutter vom Laufen in der Stadt, von der Hitze, vom Museum und den Spaghetti, die sie gegessen hatte, müde, und sie legte sich drüben ins Bett.

Der Vater machte leise die Tür zu und fragte: »*Zwei* Programme mit Trickfilmen?«

»Auf acht und auf elf«, sagte David.

»Schalt einmal ein«, sagte der Vater. (»Wer die Sankt Schneuzius-Kathedrale gebaut hat, weißt du«, dachte David, »aber einen italienischen Fernseher einschalten kannst du nicht.«) David schaltete ein. Der Vorteil war, daß der Vater David einiges vom Dialog schnell übersetzen konnte, wenigstens andeutungsweise, und das half doch etwas weiter. David erfuhr so, was das Geschwisterpaar in der Salamander-Grotte des Fixsternes Alpha-Dodeka suchte: das Tagebuch des im Orion-Nebel verschollenen Raumfahrtkapitäns Donnel O'Donnel, in dem der Plan für die Wunderwaffe beschrieben war, mit der man Antimaterie in Siliziumstaub verwandeln konnte. Auch die Bonbonbärchen interessierten den Vater, wenngleich weniger. (»Wahrscheinlich«, vermutete David, »weil bei den Bonbonbärchen keine so großbusige Weltraumhexe mit Netzstrümpfen vorkommt wie auf dem elften Kanal.«) Beim Hin- und Herschalten gerieten sie in eine Nachrichtensendung, in der wieder von der Polizeiaktion in dem Haus nebenan die Rede war. Offenbar wurde das vorhin *live* gesendete Ereignis jetzt noch einmal wiederholt.

»Das ist das Haus nebenan«, sagte David. »Vorhin habe ich das hier *live* und dort *live* – *live* gesehen.«

»Ach«, sagte Davids Vater, »bleib einmal auf dem Kanal.« Er hörte dem Nachrichtensprecher eine Weile zu und sagte dann: »Die suchen Rauschgift. Die Polizei vermutet schon lange, daß in diesem Haus Kokain und dergleichen versteckt ist. Das Haus ist baufällig und unbewohnt, und man weiß eigentlich gar nicht genau, wem es gehört. Schon mehrmals hat die Polizei beobachtet, daß Rauschgiftkuriere hineingegangen sind, dann hat man blitzschnell zugeschlagen, wie heute zum Beispiel, aber gefunden hat man nie etwas.«

Als dann in den Nachrichten eine Parlamentsdebatte – natürlich auf italienisch – folgte, schalteten sie wieder auf *elf* und erlebten die weiteren Abenteuer des tollkühnen Geschwisterpaares im Weltall. Selbst bei – wie David sagen würde – »total grausigen« Szenen brauchte er jetzt nicht mehr auf die Bonbonbären hinüber zu schalten. Er konnte sich ja ein wenig am Vater anlehnen.

Nachmittags stand David auf. Das Colosseum, gab er widerwillig zu, wolle er doch sehen. Nachdem die Mutter von ihrem Mittagsschlaf aufgewacht war, maß sie Fieber: es war gesunken. Die Weltraumabenteuer des Geschwisterpaares waren auch zu Ende. David und seine Eltern gingen aus dem Hotel: das Haus jenseits der engen Gasse war dunkel, die Rolläden an den Schaufenstern der Läden im Parterre heruntergezogen, verrostet und verstaubt.

»Kein Polizist weit und breit«, sagte Davids Vater.

»Doch«, sagte David, »nur siehst du sie nicht. *Du* siehst sie nicht. Ich schon. Dort drüben steht zum Beispiel einer.«

»Wovon redet ihr?« fragte die Mutter.

»Ich erkläre es dir später«, sagte der Vater.

»Und der da mit der Zeitung an dem Gitter vor der Kirche lehnt – bitte, sag jetzt nicht, was das für eine Kirche ist –, ist auch ein Polizist. *Ein geübtes Auge erkennt das.*«

»So«, sagte der Vater.

»Ob ich meine Beobachtung mit dem Mann in dem finsteren Haus mitteilen soll?« fragte David. »Das heißt natürlich: du müßtest dolmetschen.«

»Es ist nicht *unser* Haus«, sagte der Vater, »es ist nicht *unser* Rauschgift, es sind nicht *unsere* Polizisten, wir machen uns nicht mit fremdem Dreck die Hände schmutzig.«

Der nächste Tag brachte noch eine Überraschung und einige Unerklärlichkeiten. Das Fieber war, das vorweg, abends wieder etwas gestiegen. David blieb wieder daheim – *daheim* hat er im ersten Moment gedacht: so vertraut war ihm das Hotel schon und seine kuschelige Kissenburg. Allerdings mußte er seine Aufmerksamkeit heute dreiteilen:

auf Kanal *elf* lief ein neues Abenteuer des kühnen Geschwisterpaares. Diesmal landete es auf einem Planeten, der nur aus Wasser bestand, und im Wasser schwammen gefährliche Killermikroben. Auf *sieben* lief ein Trickfilm, dessen Held ein als Cowboy gekleidetes Ferkel war – also mehr ein Film von der drolligen Sorte. Ungrausig. Dennoch schaltete David ab und zu auch dorthin. Und dann *live-live* draußen: zwar herrschte Ruhe, und soweit man in die Zimmer des Hauses gegenüber hineinsehen konnte, war festzustellen, daß sie leer waren. Von dem »Araber« war nichts zu sehen. Aber drunten – für das geübte Auge Davids ohne weiteres erkennbar – standen an allen Ecken Polizisten herum, und wenn sich David nicht stark täuschte, dann schaute aus einem Dachfenster eines Hauses ganz drüben, jenseits der breiten Straße, ein Polizist mit dem Fernglas heraus.

»Lächerliche Tarnung«, dachte David, »*ich*, wenn ich Verbrecher wäre... *die* würden mich nicht fangen.« Er kroch wieder in sein Bett zurück, schaltete auf *elf*: die Killermikroben formierten sich eben zu einem Totenkopf und griffen das Raumschiff an. Die Mikrobenwarnanlage war durch irgend etwas, das vorgefallen war, während das Cowboy-Schweinchen in einem Saloon Saxophon spielte und dazu die Noten des Liedes in die Holzwand schoß, kaputtgegangen, und so waren die Geschwister ahnungslos und kochten in der Raumschiffkombüse Algensuppe...

Da stürzte das Stubenmädchen herein. Gleichzeitig heulten Polizeisirenen auf. Nicht im Raumschiff, nein: in Davids Hotelzimmer. Auch gestern war das Stubenmädchen gekommen, hatte mehr gelangweilt ein wenig mit dem Staubsauger herumgesaugt, hatte die Betten gemacht, eine halbe Stunde lange in der geöffneten Tür gestanden und mit irgend jemandem geschwätzt, der draußen auf dem Gang gestanden hatte, hatte die Handtücher gewechselt und war dann abgezogen. David in seinem Bett hatte sie in Ruhe gelassen. Warum sollte sie das Bett machen, in das sich der kranke Bub gleich wieder hineinlegen würde? Sie hatte mit David geredet, aber selbstverständlich auf italienisch. David hatte nichts verstanden, aber es war offenbar freundlich gemeint, was sie gesagt hatte.

Heute war sie aufgeregt. Sie zischte im Zimmer herum, schaute immer wieder zum Fenster hinaus, schlug die Türen, rannte wieder hinaus, kam mit einem Mann zurück, der wie die Hoteldiener unten in der Halle gekleidet war, und zum Schluß besaß sie die Frechheit, den Fernseher auszumachen, obwohl grad das Geschwisterpaar eine Spraydose mit Zitronensirup füllte, um sich gegen die Killermikroben zu verteidigen.

»He – Sie!« rief David.

Das Weib schrie etwas auf italienisch und deutete mit Gesten an, daß David aus dem Bett solle. Der Mann wich der Frau nicht von der Seite und zischelte ihr andauernd ins Ohr. Was soll ein zehnjähriger Bub gegen zwei Erwachsene? Er stieg also aus dem Bett. »Und jetzt?« fragte David. Die Polizeisirenen heulten weiter. Man hörte große Aufregung von unten auf der Straße. Und – David sah es, obwohl der Hausdiener rasch die Vorhänge zuzog – drüben im anderen Haus trat der »Araber« wieder ans Fenster und winkte.

Da wurde der Hausdiener fast rabiat. Er packte David und schrie: »Raus – Frau muß Zimmer – putz!« David schrie: »Wieso? Die kann das Zimmer doch putzen, auch wenn ich drin bin.« Aber der Mann schob David mit Gewalt aus der Suite, schlug die Tür zu und sperrte ab. David, im Schlafanzug, setzte sich auf eines der feinen, kleinen Samtsofas, die unter langweiligen Bildern in Goldrahmen im Flur standen, verschränkte die Arme, legte die Beine übereinander und brummte laut.

»Ich weiß alles«, sagte er.

Nach kurzer Zeit kamen, jetzt völlig ruhig, das Zimmermädchen und der Hausdiener aus der Suite. Das Zimmermädchen lächelte freundlich (»Hinterhältige Bestie!« dachte David) und sagte etwas auf italienisch, was sichtlich bedeutete: du kannst jetzt wieder ins Zimmer gehen. David warf dem Weib einen möglichst vernichtenden Blick zu und legte sich wieder ins Bett. Natürlich war der Film inzwischen weitergelaufen. Nie würde David erfahren, wie Zitronensirup-Spray auf Killermikroben wirkt. Das Geschwisterpaar war unterwegs zu einem Planeten aus Rauch.

Bis zum vorletzten Tag des Aufenthalts in Rom ereignete sich gar nichts mehr. David hatte überlegt, ob er seinen Eltern die Sache mit dem rabiaten Hausdiener erzählen solle, aber er hatte es dann zunächst hinausgeschoben, und als am folgenden Tag das Zimmermädchen die Suite geputzt und die Betten gemacht hatte, als sei am Vortag nichts gewesen, entschloß sich David, den Eltern gar nichts von den weiteren Vorfällen zu sagen, weil er – wahrscheinlich mit Recht – befürchtete, daß sie nur seine, wie er es nannte, »Ermittlungen« stören würden.

Vorerst gab es aber wenig zu »ermitteln«. David beobachtete nur das Haus gegenüber: es blieb leer und dunkel. Der »Araber« ließ sich nicht mehr blicken.

»Alles klar«, dachte sich David, »die verhalten sich jetzt ruhig und lassen Zeit vergehen.« Die Polizisten in Zivil, zunehmend unaufmerksam, standen noch herum. Im Fernsehen kam nichts mehr davon. David, dessen Fieber immer noch schwankte, je nachdem, wie stark er heimlich am Thermometer rieb, blieb die ganzen Tage über im Bett. Nur noch einmal ging er mit, als seine Eltern den Petersdom besichtigten. David mußte zugeben, daß der Dom in gewissem Sinn beeindruckend war. »Mit einem normalen Bausparvertrag«, sagte David, »kriegst du sowas nicht hin.«

Sie stiegen auch auf die Flüstergalerie hinauf, schauten auf die ameisenwinzigen Menschen hinunter, die sich um den Baldachin Berninis drängten, stiegen dann sogar noch weiter hinauf – über die enge Stiege, auf der man sich, wegen der Wölbung der Kuppel im Steigen unbequem zur

Seite biegen mußte – und genossen den Blick über die Ewige Stadt. Natürlich setzte der Vater immer wieder an, alle möglichen Kunstwerke zu erklären, schon auf der Fahrt im 64er-Bus, in der Kirche erst recht und dann auf der Kuppel oben, aber da sagte sogar die Mutter: »Merkst du nicht, daß du so dem Kind nur das Interesse vermiest?« – »Sehr richtig«, dachte David.

Mittags ernährte sich David von Hotdogs und Cola, abends allerdings kam er auf den Geschmack des Essens im »Turm des Diocletian«, besonders »Pollo al Imperatore«: Huhn, so wie es der Kaiser, vermutlich also Diocletian, gegessen hatte. Und Lasagne, so wie sie der Kater Garfield aß.

Im übrigen aber blieb er im großen, kuscheligen Bett und verfolgte die Abenteuer des weltendurcheilenden Geschwisterpaars und des Cowboy-Schweins, sofern er nicht seinen »Ermittlungen« pflog. Dazu zog er sich sogar an, schlenderte im Hotel herum, auf den langen, düsteren Gängen, in denen vormittags nie jemand war außer Zimmermädchen und Hausdienern, setzte sich in die Halle, wo immer viele Leute herumsaßen und -standen und wo es nicht auffiel, wenn David seine scharfen Blicke schweifen ließ. Ab und zu ging er sogar vors Hotel hinaus oder hinten in den Garten (wo übrigens eine graue Katze mit zwei winzigen, noch keinen Monat alten Jungen wohnte), um zu ermitteln. Er suchte den rabiaten Hausknecht. Mit dem untrüglichen optischen Gedächtnis des Kindes hätte er ihn sofort wiedererkannt. Aber er sah ihn nie wieder. Er zählte insgesamt acht Hausdiener, die alle die gleiche Uniform trugen: helle, gelblichbraune Jacken mit Messingknöpfen und schwarze Hosen. Die Hausdiener schleppten Koffer aus der Halle hinaus oder in die Halle hinein, hielten die Hand auf, wienerten Türklinken, heizten den gigantischen Kamin in der Halle, reparierten eine Stange im Treppengeländer oder kehrten das Trottoir. Der Rabiate war nicht darunter, nie. »Natürlich«, dachte David.

Einmal paßte David die Gelegenheit ab, als das Zimmermädchen, das immer die Suite putzte, seinen Wagen allein ließ. Alle Zimmermädchen schoben so einen Wagen von Tür zu Tür vor sich her, da war die frische Wäsche drauf und ein großer Sack an der Seite befestigt, in den die schmutzige Wäsche kam. David untersuchte blitzschnell, dennoch gründlich den Wagen, fand aber nichts. »Hätte mich im Grunde genommen auch gewundert«, sagte sich David.

Nur eins war ihm klar: der Draht war verdächtig.

Zwischen den Häusern in der Gasse gingen Drähte hin und her: alte, schwarze, taubenverschissene Drähte, an denen waren die Lampen der Straßenbeleuchtung befestigt. Die Drähte hingen an Ringen, die hüben und drüben in die Hauswände eingelassen waren. Einer dieser Ringe befand sich unmittelbar unterhalb des einen Fensters der Suite, die in diesen Tagen David und seine Eltern bewohnten. Der Draht, der von diesem Ring zu einem der Fenster des Hauses jenseits der Gasse führte und an dem in der Mitte eine Lampe baumelte, war anders als die anderen Drähte, genauer gesagt, es waren *zwei* Drähte übereinander: ein dikker, eingewickelter, schmutziger Draht, mehr ein mittleres Kabel, an dem die Lampe hing, und drüber ein dünner, neuer Draht, der von drüben herüber und hier über eine winzige Rolle und wieder hinüber lief. Eine kleine Drahtseilbahn. David probierte: sie ließ sich in der Tat bewegen.

Am vorletzten Abend, nachdem man vom Abendessen und einem kleinen Spaziergang am Quirinal heimgekommen war (wobei der Vater natürlich trotz allen Flehens seine unvermeidlichen Jahreszahlen abgesondert hatte), schloß die Mutter die Fensterläden. David schaute mehr zufällig unter ihrem Arm hindurch und wußte, daß es wieder losging, denn drüben, im dunklen Haus, nur für die scharfen Augen Davids erkennbar, stand der »Araber« hinter einem Fenster. Am nächsten Morgen entging es David nicht, daß das Zimmermädchen nervös war. Sie schob ihren Wagen sinnlos hin und her, verbrachte die meiste

Zeit vor der Tür zur Suite, in der David wohnte, und murmelte vor sich hin. »Jetzt warte ich nur noch, bis der Rabiate wieder auftaucht«, dachte David.

Er brauchte nicht lang zu warten. Als die Eltern mit David vom Frühstück heraufkamen (David hatte zwei Scheiben Wurst und eine Schüssel mit Reiscrispies abgezweigt und den jungen Katzen gebracht; die Reiscrispies allerdings ließen die Katzen beiseite), war der »Rabiate« schon da, grüßte scheinheilig überhöflich und kratzte mit einer Bürste übertrieben lang am Topf einer Zimmerlinde.

Das Problem für David war: wie sowohl die Eltern als auch die Gauner hinters Licht führen? Die Eltern wollten heute vormittags das etruskische Museum in der Villa Giulia besuchen. David hätte sich schwerlich etwas vorstellen können, was ihn mehr anödete: hauptsächlich Vasen, hatte der Vater gesagt. Dennoch zog sich David an und sagte, er wolle mitgehen. Der Vater war glücklich und strahlte, aber nicht lang, denn nachdem er den Schlüssel beim Portier abgegeben hatte – das war es nämlich, was David erreichen wollte – und die drei aus dem Hotel auf die Straße getreten waren, sagte David: »Ich habe es mir doch anders überlegt. Ich bleibe da. Geht ihr nur, ich geh wieder ins Zimmer hinauf.« Widerwillig ließ er sich von der Mutter küssen, ließ einige Ermahnungen beim einen Ohr hinein- und beim anderen hinausfliegen und ging dann ins Hotel zurück. Die Eltern hatte er also abgeschüttelt.

Er holte den Schlüssel nicht gleich. Seine »Ermittlungen« hatten zwar, wie erwähnt, wenig erbracht, aber er kannte dadurch das Hotel wie seine Hosentasche. Seitlich von der großen Theke, hinter der die Portiers standen und wo ständig Lärm und Verkehr war, geschrieben, getippt, telefoniert wurde, war eine Kammer für das Gepäck ankommender oder abreisender Gäste. Von dort aus – durch eine vorhangverdeckte Glastür – konnte David die Portiertheke und praktisch die ganze Halle beobachten. Tatsächlich kam schon nach kurzer Zeit das Zimmermädchen

71

und vergewisserte sich, daß der Schlüssel zur Suite am Schlüsselbrett hing. Das hieß für sie, daß niemand im Zimmer war. Sie ging wieder zum Lift.

»Jetzt Alter«, sagte David zu sich, »jetzt hat es Eile.« Er raste aus der Gepäckkammer, verlangte den Schlüssel und lief die Treppen hinauf. Zum Glück war der Lift furchtbar langsam, ein Lift, der alte Leute nicht erschreckt. Selbstverständlich ist ein geübter Renner wie David über die Stiegen schneller im dritten Stock als so ein langweiliger Lift. Im dritten Stock schob David unter Aufbietung aller Kräfte eine der samtbezogenen Bänke vor die Lifttür und stellte noch eine der großen Vasen drauf – dann hörte er schon die Liftkabine ankommen. Schnell ums Eck – aber versteckt: dort vor der Suitentür kratzte der »Rabiate« immer noch mit seiner Bürste herum. David drückte sich hinter einen der schweren, bodenlangen Vorhänge. Er hatte richtig gerechnet: das Zimmermädchen kreischte, als sie die Bank vor der Lifttür sah, warf die Vase herunter (ein günstiger zusätzlicher Effekt, den David nicht einkalkuliert hatte), die Vase krachte auseinander, das Zimmermädchen schrie: »Corrado!« (So hieß also der »Rabiate«.) Der kam ums Eck gerannt, fluchte, rückte die Bank beiseite, inzwischen war der Lift samt dem Zimmermädchen wieder weg – alles in allem ein heilloses Durcheinander, andere Zimmermädchen und Hausdiener kamen, gestikulierten, schimpften. Jedenfalls konnte David bequem in die Suite, sperrte innen zu und kletterte auf den Schrank, einen hohen Schrank, einen sehr hohen Schrank. David hatte es mit seinem Stofflöwen ausprobiert: wenn man sich oben flach hinlegte, konnte man von unten nicht gesehen werden. Außerdem, rechnete David aus, würden die Gauner anderes zu tun haben, als auf den Schränken herumzuschnüffeln.

Alles lief wie am Schnürchen – für David, nicht für die Gauner. David sah von seinem Posten aus, daß der »Araber« ein Paket an das Drahtseil knüpfte. Er hüpfte nervös hin und her, wahrscheinlich, dachte David, weil Corrado sich hier verspätete. Der mußte ja erst das Zimmermädchen aus dem Lift befreien. Gut so, dachte David. Endlich – der »Araber« drüben fuhr schon fast aus der Haut – sperrte das Zimmermädchen die Suite mit ihrem Generalschlüssel auf, Corrado stürzte herein. Der »Araber« drüben fuchtelte. Inzwischen heulten schon die Polizeisirenen. (David sah alles sehr gut. Leider war allerdings viel Staub auf dem Schrank. David spürte, wie er ihm in die Nase stieg. Nur nicht niesen! sagte er sich.) Corrado fuchtelte auch, das Zimmermädchen fauchte etwas, was wohl »schnell, schnell!« hieß. (»Ja«, dachte David, »schnell. Lang kann ich die Nasenexplosion nicht mehr zurückhalten.«) Corrado zerrte am Draht, zog das Paket herüber, kaum war es da und in Corrados Händen, rissen drüben Polizisten mit gezogenen Pistolen die Tür auf, aber der »Araber« lachte nur. Man würde wieder nichts finden. (Nur nicht niesen! David hielt sich die Nase zu.) In aller Ruhe nun verschwand Corrado mit dem Päckchen im Bad und kam ohne es wieder heraus. (Eine Ewigkeit, deuchte es David.) Aber dann verzogen sich Corrado und das Zimmermädchen rasch, der Schlüssel wurde umgedreht. Hatschi!

Davids Niesen war so gewaltig, daß der Staub, der vermutlich seit der Erbauung des Hotels auf dem Schrank lag, in einer breiten Wolke bis zum Plafond stieg, für einige Zeit das Zimmer einhüllte und nur langsam wieder zu Boden sank. David schaute an sich herunter: wahrscheinlich würde ihm jetzt ein Vollbad nicht erspart bleiben. Aber gut – ein Detektiv muß eben auch sowas in Kauf nehmen.

Er stieg vom Schrank. Das Paket mußte im Bad sein. Wieder war Eile geboten. Wer weiß, wie schnell die Gauner wiederkamen, um das Paket zu holen. David schaute sich im Bad um· nichts zu sehen. Aber überlegene Ruhe machte sich bezahlt: wo hatte der Verbrecher in dem Kriminalfilm die Brillanten versteckt? (David hatte den Film daheim gesehen; zum Glück gingen seine Eltern oft ins Theater, sperrten zwar den Fernseher ab, David wußte aber, wie man ihn trotzdem einschalten konnte.) Wo also? In der Klospülung. Eben. Da hing im Wasser, in Plastik verpackt und verklebt, das Paket. Kokain, verkündete die Polizei später, im Wert von vielen tausend Dollar.

Der Rest ist schnell erzählt.

David staubte sich etwas ab, nahm das Paket unter den Arm und ging hinunter in die Halle, wo er sich sicherer fühlte. Als die Eltern zurückkamen, erzählte er ihnen alles.

So erfuhr Dr. Kappa von der Sache, denn ihn rief Davids Vater an. Es folgte ein – sehr freundliches – Verhör im Hotel. Dr. Kappa übersetzte. »Piccolo eroe!« sagte der Carabinieri-Offizier zum Schluß. »Was heißt das?« fragte David mißtrauisch. »Kleiner Held«, sagte Dr. Kappa. »Wieso *klein*?« fragte David.

Danach zeigte David den Polizisten den Draht und alles und auch Corrado, der scheinheilig einen Gummibaum wienerte. Das Zimmermädchen verriet sich selber durch Heulen. Später, am Nachmittag, mußte David die Sache nochmals erzählen, und zwar im Polizeipräsidium. Dort saßen in Handschellen auf dem Gang schon der »Araber«, Corrado und das Zimmermädchen. David durfte mit seinem Vater im Streifenwagen mit Blaulicht zum Präsidium fahren und zurück. Es war alles sehr großartig.

Am Abend fuhren David und seine Eltern wieder ab. Für die Rückfahrt hatte der Vater einen Schlafwagen buchen können. »Ich bin froh«, sagte Davids Mutter, »daß wir wegfahren. Wer weiß, was denen eingefallen wäre aus Wut, daß David ihre Schliche aufgedeckt hat.«

»Ich wäre gern geblieben«, sagte David.

»So?« sagte der Vater erfreut. »Wahrscheinlich hat die Rombegeisterung doch angefangen, dich zu ergreifen.«

»Ja«, sagte David, »ich hätte nämlich gern gewußt, ob das Geschwisterpaar auf dem Rauchplaneten den Killerlurch erlegt hat, und was mit dem Cowboy-Schweinchen passiert, nachdem es in den Vulkan gefallen ist.«

74

Das Anti-Newton-Institut

Haben sie im Heiligen Offizium immer noch Angst vor Galileo Galilei? Wenn man sich vor Augen hält, wie schnell in den ersten Jahrzehnten unseres Jahrhunderts eine – ohne ihr dabei zu nahe treten zu wollen – schillernde Person wie der seinerzeitige Chef des Heiligen Offiziums, der Cardinal Roberto Bellarmino, der selbst von seinen Ordensgenossen als heimtückisch und verlogen, bösartig und sogar als im Alter geisteskrank bezeichnet wurde, vom normalen Verstorbenen binnen weniger als zwanzig Jahren erst zum Seligen (13. Mai 1923) und dann zum Heiligen (29. 6. 1930) befördert wurde, also eine himmlische Karriere von in neueren Zeiten nie gesehener Geschwindigkeit durchlief, und dagegenhält, daß sich das gleiche Heilige Offizium erst 1979 dazu durchgerungen hat, die beiden kirchlichen Justizirrtümer von 1616 und 1633 zu berichtigen (wegen Formfehlern!) und Galilei nachträglich zu rechtfertigen, kommen einem schon diverse Gedanken. Selbst durch das Fernrohr der päpstlichen Sternwarte in Castel Gandolfo ist unschwer zu bemerken, daß sich die Erde um die Sonne dreht, wie Galilei behauptet, und nicht umgekehrt, worauf das Sant' Uffizio beharrt hat.

Wir fuhren von Castel Gandolfo in Richtung Marino um den Lago Albano herum. An einem Wochentag im Herbst sind die Straßen in den Castelli ruhig. Der Himmel spannte sich blau und heiter über den Colli Albani, die so viele Maleraugen entzückt haben. Der Fiat Panda, den uns die Autoverleihfirma vors Hotel gestellt hatte, war ziemlich eng.

»Wie reimt sich das zusammen«, fragte Professor P., »daß die *Specola Vaticana*, die vaticanische Sternwarte, von Gregor XIII., dem gelehrten Ugo Boncompagni, gegründet wurde, der 1572 bis 1585 regiert hat, und noch

75

fünfzig Jahre später hat man Galilei verurteilt, weil er behauptet hat, die Erde drehe sich um die Sonne? Was haben die Jesuiten des Collegio Romano mit ihren Fernrohren um alles in der Welt nur gemacht?«

»Vielleicht in die Fenster der Nachbarhäuser geschaut, wenn sich die jungen Römerinnen zur Nacht ausgezogen haben.« – »Nein«, sagte Prof. P., »die haben noch keine Fernrohre gehabt. Das Fernrohr wurde erst 1608 erfunden, 1611 entwickelte Kepler das astronomische Fernrohr, das sich dann bald verbreitet hat. Ich nehme an, ab 1612 konnten sie die Römerinnen mit Fernrohren beobachten. Was mich aber eigentlich bewegt: 1930 wurde Robert Bellarmin heiliggesprochen, und 1936 wurde von Pius XI. die *Specola Vaticana* aufs feinste ausgestattet, hier herauf nach Castel Gandolfo verlegt. Warum ist nicht Galilei heiliggesprochen worden statt Bellarmin?«

»Ich nehme an«, sagte ich, »Galilei würde es sich, nach allem, was passiert ist, schönstens verbitten.«

Wir hatten den kleinen Fiat nicht deswegen gemietet, um diesem galileischen Geheimnis auf die Spur zu kommen, obwohl wir, um das vorauszuschicken, sehr bald schon die seltsamste Entdeckung machen konnten, die, so zweifelte mein Freund Professor P. keinen Augenblick, mit Galilei und dem ganzen Problem zusammenhängt.

Das Auto war winzig, aber es hatte eine römische Targa. Ich hatte schon immer den Wunsch, ein Auto mit einer römischen Targa zu chauffieren, wenigstens für einen Tag: *Un giorno di Romano*, um einen Titel einer Verdi-Oper abzuwandeln – »Römer für einen Tag«. Das Auto ist ja für den Italiener mehr als alles andere, »la macchina« ist Fetisch, Statussymbol, Geliebte, Gebrauchsgegenstand, Teil der Seele, Spielzeug und Vierte Person der Dreifaltigkeit. Der Italiener ist begeistert von allem, was *funktioniert*; nicht erstaunlich in einem Land, in dem so häufig das Notwendigste nicht funktioniert. Und so behandelt der Italiener auch sein Auto: nachlässig und selbstsicher, so schlecht wie die treue Geliebte, deren man sicher ist, zu stolz, um die Liebe zuzugeben. Erst wenn sie davonläuft, weint er. Nach all dem also kein Wunder, daß die Italiener die schönsten Autos bauen, aber auch die kleinsten. Unser Fiat, den der Portier für uns bestellt hatte, gehörte zur kleinsten Sorte.

»Ich meine«, hatte der Portier gesagt, als er unseren wohl etwas kritischen Blick sah, »daß Sie mit dieser macchina nicht so große Schwierigkeiten haben. Ich meine: daß Sie nicht an den Ecken der Häuser anstoßen, wenn Sie in die Castelli fahren wollen. In den Nestern dort sind die Gassen sehr eng.«

Wir fuhren erst nach Tivoli zu Kaiser Hadrian, zu Liszt und zu den Wasserspielen, dann nach Palestrina, wo wir *Palestrinas* Haus besichtigen wollten, dann erst nach Süden in die Castelli Romani.

In Palestrina fragte ich nach Palestrinas Haus. Ein alter Mann machte große Augen: »Alle Häuser hier sind Palestrina-Häuser...« Wir lernten, daß *Palestrina* in Palestrina *Pierluigi* heißt, eigentlich logisch, wenn man ein wenig darüber nachdenkt.

»Die Kirche«, sagte Professor P., »verteidigt heute noch ihr Urteil gegen Galilei damit, daß man es aus der Zeit heraus verstehen müsse.«

»Eine ziemlich kleine Münze.«

»Und daß 1616 und auch noch 1633 die eigentliche Bestätigung des kopernikanischen Weltbildes ausstand. Das habe ich im *Lexikon für Theologie und Kirche* im Artikel *Galilei* gelesen –«

»– aus dem Jahr 1850 –«

»Nein, 1960. Dort steht: – ich hoffe, ich zitiere richtig – daß die von Galilei vorgebrachten Beweise erst im Lichte von Isaac Newtons Theorie letztlich schlüssig wurden.«

»Stimmt das?«

»Es ist jedenfalls nicht ganz falsch.«

»Newton hat, wenn ich mich recht erinnere, *nach* Galilei gelebt.«

»Die *Principia mathematica* sind 1687 erschienen, da war Galilei über vierzig Jahre tot.«

»Nicht auszudenken, was das Sant' Uffizio mit Newton angestellt hätte, wenn er die Unvorsichtigkeit begangen hätte, nach Rom zu reisen.«

»Schrecklicher Gedanke: nie nach Rom reisen zu dürfen, weil man daran glaubt, daß die Erde sich um die Sonne dreht.«

Die Sonne stand schon weit im Westen. Wir hatten in Frascati zu Mittag gegessen, hatten uns Zeit gelassen. Wir fuhren jetzt, die Knie an den Ohren in dem kleinen Auto, auf der Via dei Laghi, unten lag der See, links oben wie hingepreßte Würfel Rocca di Papa und dahinter der Monta Cavo, der angeblich mit lauter militärischen Stollen unterminiert ist.

»Also waren die Behauptungen Galileis 1633 noch ungesichert?« fragte ich.

»Da müßte man sich erst über den Begriff *gesichert* unterhalten. Aber abgesehen davon hat Galilei, und zwar nicht nur aus Angst vor der Inquisition, sondern weil er ein treuer Sohn der Kirche war, seine Theorien in Dialogform gekleidet. Er hat nicht behauptet, daß nur er recht hat. Er hat auch die Gegenmeinung formuliert. Er hat nur gesagt: es könnte *so* sein, aber auch *so*. Allerdings«, Professor P. lachte, »hat er den Dialogpartner, der das veraltete ptolemäische Prinzip vortrug, *Simplicius* genannt.«

»Das ist noch lang kein Grund gewesen, den alten Mann, der wahrscheinlich tiefer und fester an den christlichen Gott geglaubt hat als Cardinal Bellarmin, zu quälen, zu foltern und zu lebenslänglicher Haft zu verurteilen. Kein Ruhmesblatt für die Alleinseligmachende.«

»Die Haft war mehr symbolisch. Galilei durfte sich auf seiner Villa bei Florenz frei bewegen, durfte forschen und schreiben –«

»Aber das Begräbnis in Santa Croce hat ihm die Kirche verweigert.«

»Und Galileis Verteidigungsschrift – man muß sich das

vorstellen – liegt bis heute ungelesen im Manuskript unter Verschluß. Aber: Giordano Bruno ist es dreißig Jahre vorher schlimmer ergangen«, sagte Professor P.

»Bei dem hat der Papst auch noch nicht um Entschuldigung gebeten«, sagte ich, »im Gegenteil. Als am 9. Juni 1889 auf dem Campo dei Fiori das kleine Denkmal für Bruno errichtet wurde, hat die Curie das als eine ihr zugefügte unerträgliche Schmach verzeichnet.«

Als wir, nachdem die Straße den Albaner See hinter sich gelassen hatte, an die Abzweigung nach Ariccia kamen, fiel mir ein, was mir Dr. Kappa von dieser Straße erzählt hatte.

»Fahre einmal da hinein, nach rechts«, sagte ich. P. drehte am Lenkrad, so gut es mit angezogenen Knien ging.

Es kann sich, um diese Feststellung gleich einmal vorwegzuschicken, nur um eine optische Täuschung handeln. Anderes ist nicht denkbar. Es gibt keinen isolierten Punkt der Welt, an dem die Naturgesetze nicht oder auch nur partiell nicht gelten. Die Schwerkraft ist überall gleich, auch in den Castelli Romani, auch auf dem, zugegeben, vulkanisch-mysteriösen, von uralten Sagen sibyllinisch umraunten Höhenrücken zwischen dem Albaner und dem Nemi-See. Die Schwerkraft oder Gravitation ist die »zwischen jeglicher Materie wirkende Anziehungskraft, speziell die zwischen der Erde und den in ihrer Nähe befindlichen Körpern«, so Meyers ›Enzyklopädisches Lexikon‹, das dann mit schönen und imponierenden Formeln fortfährt, die: »$K = G \times m_1 \times m_2/r^2$« oder »$d^2r/dt^2 = -g$« lauten. Man hat sich die Sache so vorzustellen, daß jeder Körper um sich ein sogenanntes »Feld« (besser gesagt wäre: eine kugelige Hülle) aufweist, das den Raum und alles, was sich darin befindet, zu durchdringen oder eher: zu durchwirken vermag und – so wieder Meyer – »in seiner zur Masse des erzeugenden Körpers proportionalen Stärke mit dem Quadrat des Abstandes von ihm abnimmt.« Was aber die Schwerkraft eigentlich ist, weiß kein Mensch. Sie ist – außer dem Phänomen *Zeit* – die rätselhafteste Naturerscheinung und wie die Zeit unaufhaltsam und nicht ablenkbar. Jede andere Kraft oder Welle oder was immer, ob Licht, Schall, Magnetismus, Röntgenstrahlen, kann aufgehalten oder umgeleitet werden: die Schwerkraft nicht. Die Schwerkraft ist sozusagen unerbittlich, so unerbittlich wie die Zeit, und daher meine ich, was aber natürlich ein völlig unphysikalischer Standpunkt ist, daß Zeit und Gravitation irgendwie auf der Hinterseite des Teppichs *Kosmos* verknüpft sind. Jedenfalls bewirkt die Gravitation, daß ein Körper, den man ausläßt, zur Erde fällt, und zwar überall auf der Welt mit der Beschleunigung g = 9,81 m/s², und insbesondere, was für die Geschichte hier von Bedeutung ist, daß ein Auto, so klein es auch sein mag, wenn der Motor ausgeschaltet, der Gang herausgenommen worden und die Hand- sowie Fußbremse gelöst ist und niemand das Auto festhält (das von uns gemietete Auto war so klein, daß jeder von uns beiden es mit einer Hand über einen Abgrund hätte halten können), daß dieses Auto eine abschüssige Straße hinunterrollt.

Es rollte *hinauf*.

»Stelle«, sagte ich zu P., »das Auto hier an den Straßenrand.« Die erwähnte Verbindungsstraße zwischen der Via dei Laghi und Ariccia verläuft vielleicht einen halben Kilometer lang ziemlich gerade zunächst von der Abzweigung aus abwärtsführend und dann nach einer Talsohle aufwärts, um oben in einer Kehre im Wald zu verschwinden.

Es herrschte so gut wie kein Verkehr. Nur ein Rennradfahrer in professionellem Dress, bunt wie ein Papagei, strampelte verbissen hinunter und drüben wieder hinauf. P. fuhr auch hinunter und hielt, wie ich gesagt hatte, genau in der Talsenke, exakt dort, wo zunächst fast unmerklich wieder die Steigung beginnt.

»Jetzt«, sagte ich, »stell' den Motor ab, nimm den Gang heraus, löse die Bremsen.« P. tat es.

»Und –?« fragte er.

Er brauchte nicht weiter zu fragen. Das Auto begann erst langsam, dann immer schneller aufwärts zu rollen. Jawohl: aufwärts.

»Das gibt es nicht!« schrie P. »Ich protestiere im Namen der Physik –«, lachte er, als wir immer schneller bergauf rollten und P. schließlich sogar bremsen mußte, weil wir zu schnell wurden.

Das Auto blieb, schräg auf der Steigung, stehen. Das rätselhafte Phänomen ist etwa auf der Hälfte zwischen Talsohle und der Stelle, wo die Straße im Wald verschwindet, vorbei. Dort tritt die gute, alte Gravitation wieder in ihr Recht.

P. schüttelte lang den Kopf. Er dachte nach, dann schüttelte er wieder den Kopf.

»Bin ich«, fragte er, »nach dem guten Mittagessen in Frascati auf einem Liegestuhl eingenickt, und liege ich noch dort und träume?«

»Nein«, sagte ich.

P. stieg aus, das heißt, er faltete sich aus dem Fiat und ging kopfschüttelnd auf und ab. »Galilei«, murmelte er. »Newton…«

Der Radfahrer im Papageiendress kam wieder, raste, ohne zu treten, die Steigung hinauf. Ein anderes Auto hielt, ein Vater mit zwei Kindern, die sechs und acht Jahre alt sein mochten, stieg aus. Er zeigte den Kindern das Phänomen. Die Kinder legten erst einen Gummiball, dann einige leere Cola-Dosen auf die Straße: alles rollte aufwärts.

»Es muß«, sagte P., »eine optische Täuschung sein. Das schaut nur so aus, als ob es aufwärts ginge… aber…« er schüttelte wieder den Kopf. Der Augenschein sprach dagegen: dort ging es abwärts, hier ging es aufwärts. Der Augenschein gab keinen Zweifel.

»Das nächste Mal nehme ich eine Wasserwaage mit«, sagte P. »Obwohl: wenn es *keine* optische Täuschung ist, macht die Wasserwaage den Schwindel mit. Komm – wir versuchen es noch einmal.«

Wir versuchten es mehrfach: vorwärts, rückwärts, auf der einen Seite, auf der anderen Seite der Straße. P. legte Gegenstände aus verschiedenem Material auf die – scheinbar? – schiefe Ebene: nochmals eine Cola-Dose, die die

81

Kinder von vorhin liegen gelassen hatten, einen Tennis-
ball, der vom Vormieter im Auto liegen geblieben war,
und endlich eine Holzente auf ursprünglich vier, jetzt
nur noch drei Rädern, die auf einer wilden Müllhalde
oben seitlich der Kreuzung gelegen war. Die Ente rollte
auch mit drei Rädern bergauf und nickte dabei mit dem
Kopf.

»Ich muß es akzeptieren«, sagte P. abschließend, dann
fuhren wir wieder weg. Und dabei passierte das Mysteri-
öseste... Wir wollten nicht nach Ariccia, sondern an den
Nemi-See und nach Genzano, mußten also zurück zur
Abzweigung von der Via dei Laghi. Dazu mußte P.
nochmals wenden. Er machte das oben, dort, wo, wie
erwähnt, die den physikalischen Gesetzen hohnlachende
Straße in einem Wald verschwindet. Am Scheitelpunkt
seitlich hinter den Bäumen lagen ein paar Häuser, die im
Zusammenhang mit dieser Geschichte nicht interessieren. Auf der anderen Seite aber befand sich eine breite,
trichterförmige Einfahrt, von hohen Pfeilern flankiert,
von denen sich eine Mauer wegzog. Die Einfahrt setzte
sich in einen unbefestigten, aber gepflegten Weg fort,
der hügelauf hinter Bäume führte. Ein Gebäude war
nicht zu sehen.

P. wollte mit Hilfe dieser Einfahrt wenden, und in
dem Augenblick, als wir mit unserem kleinen Fiat rückwärts in diese Einfahrt stießen, begann ein rotes Lichtsi-
gnal auf dem einen Pfeiler zu blinken, und wie von Gei-
sterhand schloß sich das Tor, grad noch, daß wir die
Einfahrt verlassen konnten.

Wir umrundeten den Nemi-See, kehrten dann über
Genzano und Albano auf der Via Appia nach Rom zurück. Ein Gewitter ging nieder. Ströme von Wasser flos-
sen vom Himmel. »Hoffentlich schwemmt es den Fiat
nicht in den Gully«, sagte P. Aber wir kamen wohlbe-
halten wieder im *Caffè Greco* an, und P. begann aufs
neue zu grübeln.

»Wer weiß«, sagte er, »was passiert wäre, wenn wir

nicht aus der Einfahrt heraus- sondern rasch noch hinein-
gefahren wären.«

»Vielleicht ist uns ein erregendes Abenteuer entgangen«, sagte ich.

»Das Gewitter, das dann gekommen ist, hat mich endgültig überzeugt.«

»Wovon?«

»Es geht nicht mit rechten Dingen zu. Die Kirche läßt
die Dinge nicht so ohne weiteres auf sich beruhen. Galilei –
Newton – Robert Bellarmin... die Coinzidenz der Ereig-
nisse mit den Specola Vaticana, den Galilei-Prozessen, der
Verlegung der Specola, der Heiligsprechung Bellarmins...
und wie sich das Tor leise quietschend geschlossen hat,
fernbedient... wer weiß, wer uns da beobachtet hat, gefürchtet hat, wir Unbefugte könnten in jenes ummauerte
Grundstück hineinfahren.«

»Wer wäre befugt, da hineinzufahren?«

»Nur wenige«, sagte P. düster, »ich nehme an, jenseits
der Mauer, hinter uralten Bäumen versteckt, liegt das vaticanische Anti-Newton-Institut. Dort experimentieren
ungemein gescheite Jesuiten, um die Schwerkraft aufzuhe-
ben. Damit Galilei doch nicht recht gehabt hat. Und für
das eine Stück Straße ist es ihnen schon gelungen.«

»Hm«, sagte ich.

»Anders«, sagte P., »ist das Ganze nicht zu erklären.
»Carmine!« rief er dem Kellner zu, »noch einen Caffè
lungo.«

Rom bietet noch weit mehr Geheimnisse, als man ge-
meinhin ahnt.

Titusbogen. Ein Künstler-Roman

Wenn man seitlich an Sant' Agnese in Agone vorbeigeht, kommt man in ein Gewirr alter Gassen, in denen kein touristisches Leben pulsiert; das bleibt draußen auf der Piazza Navona. Eine der Gassen heißt Via Tor Millina, und zwischen Haushaltswaren- und Gemüseläden und einer einfachen Bar befindet sich eine Galerie für moderne Kunst, die sich eines gewissen Rufes erfreut. Wie ich zu der Einladung zu einer Vernissage dieser Galerie kam, ist für die Geschichte weiter nicht von Belang. Abgesehen davon hätte an dem milden Spätsommerabend gegen Ende September jeder, der grad durch die Via Tor Millina gegangen wäre, die Galerie betreten können und ein Glas Wein bekommen.

Der Galerist begrüßte die Gäste, seine Helfer arrangierten das Salzgebäck, der Künstler – ein eher junger Mann in einem schwarzen Hemd mit rotem Kragen – stand herum und wartete auf die Presse, die Gäste kamen und gingen. Es war wie bei jeder Vernissage auf der ganzen Welt. Da ich niemanden kannte, schaute ich die Bilder an. Bilder ist vielleicht zuviel gesagt: der Künstler hatte sich auf *tondi* spezialisiert. Alles war rund, rund und abstrakt, auf Holz, Pappe, Blech, Pergament, manchmal sogar auf Leinwand mit rundem Keilrahmen. Die Formate waren verschieden. Manche Bilder erinnerten mich an Bierfilze, manche an Faßdeckel, manche an Kanalabdeckungen, andere wieder an Schützenscheiben; die größten wiesen wohl einen oder eineinhalb Meter im Durchmesser auf. Die bevorzugte Farbe war ein erdiges Braun und Rot, auch etwas fahles Gelb. Die Preise waren bereits horrend, der Künstler war schon mehrfach in der Presse als Genie bezeichnet worden.

»Er spießt die runden Dinger auf«, sagte Hierold, »spritzt Farbe drauf und dreht ganz schnell. Dann verläuft

84

die Farbe entsprechend den Gesetzen der Zentrifugalkraft. Bei manchen Bildern können Sie die Technik noch verfolgen.«

»Früher«, sagte ich, »hat man so aus der Ordnung gelaufene Farbspuren mit dem letztendlich vertrockneten Köpfchen am Ende *Malerläuse* genannt.«

»Eine hochinteressante Technik«, sagte Hierold, »ich überlege, ob ich nicht ein paar kaufe. *Noch* ist er erschwinglich. In ein paar Jahren…?! Man wird sich den Namen merken müssen.«

Ich hatte, wie gesagt, niemanden gekannt. Ich lebe nicht in Rom und kenne dort nicht viele Leute. Hierold hatte mich angesprochen, weil er gehört hatte, daß ich aus Deutschland sei. Felix Hierold trug einen seitlich geknöpften Anzug und ein Hemd aus blauer Seide, für dessen Gegenwert man fast einen Tizian hätte kaufen können. Er wohnte in einem höchst noblen Appartement mit Dachterrasse etwas außerhalb der Porta Salaria.

»Vorher«, sagte er, »habe ich drei Wochen lang im *Hassler* gewohnt, aber *so* dick habe ich es auch wieder nicht.«

Durch Bekannte habe er dann diese Wohnung gefunden, die einem Düsseldorfer Konzertagenten gehört, der sie so gut wie nie selber bewohnt und sehr gern vermietet. »Auch nicht grad das, was man preiswert nennt, aber hier wohne ich einen Monat für das, was ich im *Hassler* in der Woche zahle. Und das Frühstück – abgesehen davon, daß Sie auch das Frühstück vom *Hassler* vergessen können… ich habe mir angewöhnt, in eine Bar zu gehen, einen Espresso zu trinken und ein Brioche zu essen.«

»Und wieviele Monate bleiben Sie?«

»Bis mein Roman fertig ist.«

Das Buch sollte ›Titusbogen. Ein Künstler-Roman‹ heißen. »Etwas altmodisch, gewiß«, sagte Hierold, »aber gerade das will ich. Ich bin jetzt zweiundsechzig Jahre alt und habe vierzig Jahre lang *neumodische* Sachen, wenn man so sagen will, geschrieben. *Jetzt* kann ich es mir leisten, altmodisch zu schreiben. Jetzt *will* ich es mir leisten, altmodisch zu schreiben.«

Der Titel ›Titusbogen‹ bezog sich auf ein Bild Franz von Lenbachs, genauer gesagt: auf *zwei* Bilder dieses Malers.

Es begann im Jahr 1858, Lenbach – damals noch längst nicht *Ritter von* – hatte bis zu seinem sechzehnten Lebensjahr in der Enge gelebt. In einer Kleinstadt, in Schrobenhausen geboren, hatte er in Landshut, Augsburg und in München das Maurerhandwerk und auch Zeichnen gelernt, war zuletzt sogar auf die Akademie in München gegangen, zu Professor Piloty. Piloty, obwohl nur zehn Jahre älter als der Maurergeselle Lenbach, war schon weltberühmt. Er malte gern große Formate: ›Seni an der Leiche Wallensteins‹, ›Galilei im Kerker‹, ›Ermordung Cäsars‹, ›Die Verkündigung des Todesurteiles an Maria Stuart‹, ›Der letzte Gang der Girondisten‹. Als er einmal ein eben fertiggestelltes Gemälde in seinem Atelier der Öffentlichkeit übergab, strömten die Kunstkenner. Einer, der auf der Straße vorbeiging und den Strom sah, fragte einen anderen: »Was ist jetzt wieder beim Piloty für eine Katastrophe passiert?« Das war Professor Karl von Piloty, aber Malen lernen konnte man bei ihm doch.

Im November 1857 war Lenbach von Piloty in dessen Klasse aufgenommen worden, schon im August lud ihn der Professor ein, mit ihm nach Rom zu reisen. Trotz allem war auch München eng. Recht viel weltläufiger als Augsburg oder Landshut war die verschlafene Residenzstadt nicht. Die Glanzlichter, die unter König Ludwig I. aufgeflackert waren, waren nach Erdrückung der Revolution von 1848 erloschen. Das geistige Leben reduzierte sich auf den biederen Maximilianismus.

Der Professor gestattete, daß drei seiner Schüler ihn begleiteten. (Die beiden anderen neben Lenbach waren ein gewisser Theodor Christoph Schüz und ein gewisser Carl Ebert, Maler, von denen man danach wohl nie mehr etwas

86

gehört hat.) Lenbach mußte seine Reise selber zahlen. Er hatte kurz zuvor ein Bild ›Landleute, vor einem Ungewitter flüchtend‹ für 450 Gulden verkauft und außerdem ein Stipendium von 500 Gulden erhalten. Das Bild, das Lenbach verkauft hatte, zeigt den Unterschied: Piloty hätte ›Sappho, vor einem Ungewitter in einen Tempel flüchtend‹ gemalt, der Schüler mußte es noch bei Landleuten, die sich in eine schäbige Kapelle retten, bewenden lassen. Man hielt auf Abstand. Übrigens äußerte sich schon Kritik an Lenbach: Die Bauern und die Kapelle seien in nahezu abstoßendem Naturalismus gehalten.

Am 28. August reisten Piloty und seine Schüler aus München ab, am 10. September kamen sie in Rom an. Piloty wollte Vor-Studien für seine geplante nächste Katastrophenschilderung treiben: ›Nero auf den Ruinen Roms‹.

»Obwohl ich«, sagte Hierold, »vierzig Jahre lang für den Film und das Fernsehen geschrieben habe, bin ich kein *ungenauer* Mensch.«

»Was ist ein ungenauer Mensch?«

»Ich habe zwei Koffer nach Rom mitgenommen. In dem einen Koffer sind meine Sachen, die ich so brauche. Was man eben mitnimmt. Kleider, Wäsche, Zahnbürste. *Ein* Koffer ist nicht viel für ein paar Monate Rom, vielleicht ein halbes Jahr. Oder ein Jahr. Bis eben der Roman fertig ist. Ein Koffer ist nicht viel, aber ich nehme nie viel mit auf Reisen. In die Sahara fahre ich nicht oder in die Wüste Gobi, ich fahre in zivilisierte Gegenden, und dort gibt es immer Läden, die gegen geringe Gebühr bereit sind, einen Anzug, oder ein Paar Socken, oder was man eben braucht, abzugeben. Diese Jacke hier – sehr leicht – Farbton: *Taleggio*, hochaktuell, die habe ich vorhin bei Bruno Piatelli gekauft.«

»Via Condotti«, sagte ich.

»Sie kaufen auch bei Piatelli?«

»Nein, ich komme nur vorbei, wenn ich ins Caffè Greco frühstücken gehe.«

»Sollten Sie aber, sollten Sie unbedingt. Der eine Verkäufer, Mario heißt er, kennt mich schon. Sie brauchen nur sagen: Schönen Gruß vom Professore aus München, und Sie werden erstklassig beraten.«

»Mich würde aber interessieren, da Sie schon so freundlich waren, davon anzufangen, was im anderen Koffer war?«

»Bücher«, sagte Hierold, »*nur* Bücher über den Maler Lenbach. Franz Ritter von Lenbach, 1836 bis 1904. Ich habe alles gekauft, was es über Lenbach gibt. Und ein paar Kilo Lenbach-Literatur, die vergriffen war, habe ich mir ausgeliehen.«

»Darin zeigt sich also ein *genauer* Mensch?«

»Nein, noch nicht«, sagte Hierold ernst, »ich lese die Bücher auch. Und ich bin sehr akkurat. Zum Beispiel – es ist nicht wichtig, aber es ärgert einen doch, wenn nicht stimmt, was geschrieben ist – die erste Reise Lenbachs nach Rom. Wenn man mehrere Bücher über den gleichen Gegenstand liest, merkt man, wie die schamlosen Kerle voneinander abschreiben. Wie der Lehrer in der Schule: die peinliche Sache, wenn man einen Fehler vom Nachbarn spickt. Da gibt es ein Buch, von einer Dame namens Sonja Mebl, das ist 1980 erschienen, die schreibt – ich kann es Ihnen wörtlich zitieren, weil ich es heute früh genau verglichen habe – ›...reiste... im Herbst 1858 über die Schweiz nach Rom...‹ 1986 erschien eine Biographie Lenbachs aus der Feder eines Mannes namens Winfried Ramke. Der hat von Frau Mebl abgeschrieben, und nicht genug damit: Er hat jetzt sogar dazuerfunden, daß Lenbach über Lindau, Chiasso, Mailand gefahren sei. Dabei ergibt sich aus den Skizzenbüchern der italienischen Reise Lenbachs, die schon Wichmann 1973 zitiert, daß die Route über Innsbruck, Verona, Mantua, Bologna führte. Nicht wichtig, wie gesagt, aber ärgerlich, weil ungenau.«

»Und was haben Sie für Film und Fernsehen geschrieben?«

Hierold schlug – eine etwas zu starke Geste – die Hand

vor die Stirn: »Drehbücher natürlich. Serien. Scheiß. Käse. ›Alarm in Stock 13‹, ›Trauminsel‹, ›Die drei lustigen Sennerinnen‹, ›Die fröhliche Tauchschule‹. Sie haben hoffentlich nie etwas gesehen davon.«

»Und jetzt machen Sie Vorstudien für einen Film über Lenbach?«

»Nein!« schrie Hierold, »*keinen* Film. Einen Roman. Einen Künstler-Roman.«

Der *Titusbogen*, den Lenbach (zweimal) malte, ist nicht der klassische, sondern der romantische Titusbogen, nicht das archäologische Monument im großen Areal des Forums, sondern der Bogen am Eingang des *Campo Vaccino*, wo – noch zu Lenbachs Zeit – die Bauern aus der Campagna das Vieh durchtrieben, um es hinter dem Capitol zu verkaufen.

Das eine, offenbar frühere Bild hat Lenbach vielleicht noch in Rom gemalt. Es hängt in der Lenbach-Villa in München und ist mit ›F. Lenbach/Rom 1858‹ signiert. Das andere, größere Bild hängt im Museum der schönen Künste in Budapest, ist auch mit 1858 signiert; die Lenbach-Experten behaupten aber, es sei erst 1859 oder 1860 gemalt.

»Es sei dem, wie ihm wolle«, sagte Hierold, »festzustehen scheint mir, daß diese beiden Gemälde den krassest gegensätzlichen Kunstgeschmack zu dem zeigten, was Piloty vertrat. Entweder hat Lenbach seinem Professor die beiden Arbeiten zur Vorsicht gar nicht gezeigt, oder aber, wenn er sie ihm doch gezeigt hat, erweist sich Piloty als toleranter Mann, der Talent auch dort erkannte, wo es sich nicht so ausdrückte, wie *er* es für richtig hielt. Er warf jedenfalls Lenbach nicht sofort aus der Klasse.«

Vom Titusbogen ist nur ein Teil dargestellt: der Durchlaß, schräg betrachtet, so daß eines der Reliefs zu sehen ist. Der Blick geht von außen durch den Torbogen auf das Forum, im Hintergrund sind das Tabularium und der Turm des Senatorenpalastes zu sehen. Helles, goldenes Morgenlicht, das starke Schlagschatten bewirkt, wodurch das Relief, den Triumphator auf dem Viergespann darstellend, scharf und plastisch hervortritt. Auf dem ersten, eher skizzenhaften Bild wenig Staffage: gegen den Sockel im Tor lehnen zwei Figuren, ein altes Weib (eine Bettlerin?), ein Knabe im weißen Hemd, der einen Korb (?) hält. Das zweite, größere Bild dagegen weist eine Fülle von Staffage auf: ein Zug von Bauern in *pittoresker Nationaltracht*, wie man damals gesagt hätte, tritt aus dem Tor heraus; voraus ein Knabe, der einen Esel führt, auf dem ein Kind, wohl der kleine Bruder des Knaben, sitzt, zwei bäuerlich junonische Schönheiten dahinter mit mächtigen Bündeln auf den Köpfen, dahinter ein Ochsengespann. Eine weitere, nicht zu dem Zug gehörende Staffage im Vordergrund: eine Gruppe von Ziegen und zwei barfüßige, bedenkenlos in den Dreck hingeschmiegte Knaben. Lenbach hat diese Knaben in eben der Stellung nochmals gemalt, gesondert, ohne Titusbogen: Aresinger Bauernlümmel aus der Gegend von Schrobenhausen. Lenbach hat den Buben Geld dafür gegeben, daß sie sich in der Sonne bräunen lassen, um als Modell für römische Hirtenknaben dienen zu können.

»Jedenfalls«, sagte Hierold, »keine heroische, sondern eine naturalistische Angelegenheit, dieser *Titusbogen*.« Diesmal hatte Hierold ein Buch dabei, hatte mit einem gelben Zettel eine Seite eingemerkt. »Ein altes, wertvolles Buch, aus der Staatsbibliothek. Ich dürfte es eigentlich gar nicht mit ins Ausland nehmen –«

»Aber *da* sind Sie nicht so *genau*?« lachte ich.

»Ich hüte es wie meinen Augapfel. Wilhelm Wugl heißt der Verfasser. Das Buch ist in der Zeit um Lenbachs Tod erschienen: ›Franz von Lenbach. Gespräche und Erinnerungen.‹ Ich lese Ihnen vor: ›Es war das Wort *Natur*, das bei meinem Einzuge in Rom auf meiner Fahne stand... In dieser Richtung befangen, habe ich die Studien zu dem Bild ›Der Titusbogen‹ gemacht... Damals war dort ein schöner Platz mit Bäumen, auf dem der Viehmarkt abgehalten zu werden pflegte... Es war ein famos farbiges Treiben; was mir damals vorschwebte und woraus das große Bild ›Der Titusbogen‹ entstanden ist... das war ein solches Sonnenbild. Ich stellte dar, wie in aller Frühe die Campagnolen durch den Bogen ziehen – so ungefähr à la *Robert* –, ein Vorgang, der mir außerordentlich gefiel...‹«.

Mit *Robert*, fuhr Hierold fort, sei ein heute so gut wie vergessener, damals aber weltberühmter Welsch-Schweizer Maler gemeint gewesen: Léopold Robert, der 1818 nach Rom gegangen sei und angefangen habe, das römische Volksleben in lebendigen, farbenfrohen Genrebildern darzustellen. Das Leben Roberts sei weniger farbenfroh gewesen. Im Alter von 41 Jahren habe er sich in Venedig aus unglücklicher Liebe zur Prinzessin Charlotte Gabrielli, geborene Bonaparte, umgebracht.

Aber zurück zu Lenbach: das Erlebnis Italiens festigte in dem jungen Maler die Gewißheit, daß das, was sein Lehrer Piloty malte, nicht die Lebensaufgabe war, die auf ihn, Lenbach, wartete. »*Was* auf ihn aber wartete – das wußte Lenbach damals noch nicht«, sagte Hierold.

Wir waren nach S. Pancrazio hinaufgestiegen und gingen den Kamm des Janiculus entlang, den Blick über Rom nach rechts. Es war Montag. Die Wiesen und Grünanlagen waren übersät von Cola-Dosen und Plastikbehältern, Überresten des römischen Wochenendes. Hierold sah nicht hin.

»Ich habe schon einmal einen Roman geschrieben. Das war 1948. ›*...und sagen: Dir geschieht recht.*‹«

»Wie bitte?«

»So hieß der Roman. Es war die Zeit, wo man Romantitel mit drei Punkten und *und* anfing. ›*...und sagen: Dir geschieht recht.*‹ Ein Zitat natürlich.«

»Klingt nach Altem Testament.«

»So ist es. Psalm 70. Drunter hat es keiner getan.«

»Ich kann mich ganz dunkel erinnern –«

»Lügen Sie nicht«, sagte Hierold, »Sie haben nie von dem Buch gehört.«

»Offen gesagt: ja.«

»Obwohl es einen gewissen Erfolg hatte. Der Verlag hat immerhin zweitausend Exemplare verkauft, was damals viel war, sehr viel, weil die Leute mit der neuen D-Mark lieber Schuhe kauften oder Salami. Verständlich. Aber immerhin: zweitausend Leute haben: ›*... und sagen: Dir geschieht recht.*‹ vorgezogen. Ein bedeutender Kritiker, ich habe seinen Namen vergessen, hat mich mit Hemingway verglichen. Das war das höchste, was man damals sagen konnte. Ein anderer bedeutender Kritiker, leider habe ich auch den Namen vergessen, hat geschrieben: ich sei auf dem besten Wege, die positiven Seiten des Expressionismus mit den psychologischen Erfahrungen des Desillusionismus zu verbinden – den Namen wird man sich merken müssen! Hat er geschrieben.«

»Er, dessen Namen Sie sich nicht gemerkt haben.«

»Wer weiß, ob er sich meinen gemerkt hat«, brummte Hierold, »aber er hatte ja recht, ihn zu vergessen.«

»Sie haben die positiven Seiten des Expressionismus und den Desillusionismus nicht weiterverfolgt?«

»Ich habe einen zweiten Roman angefangen, aber ich habe offenbar einen Fehler gemacht. Nein: ich habe *zwei* Fehler gemacht. Der erste Fehler war der, daß der zweite Roman dem ersten zu ähnlich war. Ich habe das noch nicht so durchschaut gehabt damals. Ich war drauf und dran, meinen ersten Roman schlichtweg ein zweites Mal zu schreiben. Schon nach zehn Seiten war es mir zum Kotzen fad. Und der zweite Fehler war, daß ich zum Telephon gegangen bin. Es war nicht *mein* Telephon, es war das Telephon meiner Vermieterin, einer Majorswitwe mit bläulichen Haaren. Sie vermietete an junge Leute, und wir mußten oder durften sie Tante Gundula nennen. Tante Gundula kam flatternd in mein Zimmer, ohne anzuklopfen. Ich stand grad in der Unterhose da und trocknete mein einziges Nylonhemd mit dem Haarfön, und Tante Gundula schrie: Hierold! ein Anruf vom Film! Sie dachte, ich würde nun Filmschauspieler. Ihr Schwarm war Luis Trenker.«

»Diese Erwartung dürften Sie ebenfalls enttäuscht haben?«

»Allerdings.«

»Und was wollte der Film von Ihnen?«

Hierold seufzte.

Lenbach kehrte nach München zurück, blieb, wenngleich locker, in der Malklasse Professor Pilotys, verkaufte ein paar Bilder, reiste wieder, diesmal nach Paris und nach Brüssel, vielleicht auch, das weiß man nicht genau, nach London. Dazwischen war er immer wieder zu Hause in Schrobenhausen und im Dorf Aresing bei seinem stillen Malerfreund Johann Babtist Hofner. Wahrscheinlich dort entstand der ›Hirtenknabe‹ und ›Der rote Schirm‹. »Hätte er doch so weitergemacht«, sagte Hierold. Den ›Hirtenknaben‹ kennt alle Welt von Postkarten. Man sieht das Bild nicht mehr, seine reproduzierte Verbreitung hat sich davorgeschoben. Man muß die Erinnerung an das Bild beiseite schieben und es neu betrachten. Es ist ein Bild voll stiller Poesie, eine einfache Szene, der summende Baldachin aus sommerlicher Hitze – eine Impression. ›Der rote Schirm‹ ist zum Glück weniger bekannt. Auch dieses Bild ist eine Apotheose des Sommers, mit reifem Korn, Schnittern und Heuschobern. Eine Magd, die auf dem Feld arbeitet, hat ihr Kind neben einen Wagen gelegt. Das Kind schläft, und ein großer roter Bauernschirm schützt das Kind vor der Sonne. Die Sonne scheint so hell, daß sich sogar die Schatten unterm Schirm ins Rötliche verfärben, was einen überaus zarten, kostbaren Farbeffekt ergibt. Das Meisterlichste aber sind die Birken weit im Hintergrund: der dunkelgrüne Kontrapunkt zu den prallen, goldenen Feldern. Die weißen Stämme wie Filigran. »Ein Bild von hinreißender Virtuosität«, sagte Hierold, »ein Bild, das den besten Hervorbringungen der französischen Impressionisten das Wasser reichen kann. Der Sommer in Aresing – Stille, Hitze, *summender Baldachin regloser Dauer*... warum hat er nicht so weitergemalt?«

Am 1. Oktober 1860 wurde in Weimar, der Stadt, die seit Goethes Tod des Zuspruchs der Museen entbehrte, eine großherzogliche Kunstschule eröffnet. Lenbach (und neben ihm unter anderem Böcklin) wurde als Lehrer berufen: »Lehrer der historischen Malerei«, Lenbach war ja als Schüler Pilotys ausgewiesen. Aresinger Sommer-Malerei war im höfischen Weimar nicht gefragt. Lenbach schloß seinen Kontrakt zunächst für ein Jahr, verlängerte ihn dann nochmals um ein halbes. Die Kunstschule hätte ihn gern länger behalten, noch viele Jahre später bemühte sie sich darum.

1863 kam das Unglück über Lenbach. Es verkleidete sich als Glück: der reiche Graf Schack war auf Lenbach aufmerksam geworden. »Der Graf hatte einen Spleen: er wollte sich die gemalte Weltkunst in sein Palais hängen. Da die Eigentümer der Originale sich oft eigensinnig weigerten, die Bilder herauszurücken, oder unerschwingliche Preise forderten, ließ Schack kopieren. Das Billigste war, junge Maler damit zu beauftragen. Lenbach wurde einer der Schackschen Kopisten.«

Lenbach fuhr zum zweiten Mal nach Rom. Das erste Bild, das er kopieren sollte, war Tizians sogenannte ›Himmlische und irdische Liebe‹ in der Galleria Borghese. Das war 1864. Rom war immer noch päpstlich, wenngleich der Kirchenstaat schon kläglich zusammengeschmolzen war. Die deutsche Künstlerkolonie wird als eine Art Kleinstadt innerhalb der Großstadt Rom geschildert, als provinzielles Bürgercasino. Der Treffpunkt war eine Trattoria Karlin. Schon das *K* besagt, daß dort deutsch gekocht wurde. Außer Lenbach trieben sich Arnold Böcklin, die beiden Brüder Begas – Reinhold, der Bildhauer, und Anton, der Maler – und Anselm Feuerbach in Rom herum. Ob Lenbach mit dem Kreis um den erlauchten, aber leutseligen Ex-König Ludwig von Bayern in Berührung kam, ist nicht dokumentiert. Ludwig lebte seit seiner Abdankung 1848 fast ausschließlich in Rom in seiner Villa *Malta* am Pincio. Aber Ludwig frequentierte mehr das Caffè Greco und nicht die Trattoria Karlin. Auch ein Verkehr mit dem Einzelgänger Gregorovius, der um die Zeit in Rom an seiner ›Geschichte der Stadt Rom im Mittelalter‹ schrieb, ist nicht überliefert.

Nach außen hin gab sich Lenbach krachledern und bayrisch, aber in seiner künstlerischen Seele scheint sich um diese Zeit eine Wandlung vollzogen zu haben. Er erkannte, was er für seine eigentliche Aufgabe hielt. Er erkannte, *was er besser konnte als jeder andere.* Er sah seinen Weg vor sich. Der Weg führte durch jenen Titus-Bogen *hinaus.* Es war ein Irrweg.

»Natürlich nicht Luis Trenker«, sagte Hierold. Wir machten einen Ausflug in die Castelli und saßen, nach einem guten Mittagessen, in einem Restaurant mit einer Terrasse hoch über dem Nemi-See. »Es hat eine Redakteurin des Bayerischen Rundfunks angerufen. Die hatte mein Buch gelesen und war – ich sage es in aller Bescheidenheit – begeistert. Sie war außerdem mit einigem Recht der Meinung, daß ich nicht in Geld schwimme, und äußerte diese Meinung vorsichtig. Sie bot mir an, beim Schulfunk mitzumachen, der damals grad aufgebaut wurde. Nun gut – ich war selber noch nicht sehr lang von der Schule weg, ich stamme aus einem Lehrerhaushalt, in dem auch sozusagen privat von nichts anderem als von Schule und schulischen Dingen geredet wurde. Sie können sich also denken, daß mein *pädagogischer Eros* nicht gerade voll entfaltet war. Oder anders ausgedrückt: allein das Wort *Schule* bereitete mir Übelkeiten. Aber was will man machen, als junger *erfolgversprechender*, jedoch noch nicht *erfolgversprechen-eingelösthabender* Schriftsteller? Ich biß auf den Köder an und schrieb in gefälligem Radiostil über Goethes Jugend, über den Dreißigjährigen Krieg, über Schmetterlinge und Raupen und über Gott und die Welt. Immer nur nebenher, versteht sich. Habe ich gemeint: immer nur nebenher. In Wirklichkeit habe ich alles das, was ich *haupther*, wenn man so sagen kann, schreiben wollte, hinausgeschoben. Und das Unglück schreitet schnell. Schon nach einem Jahr Schulfunk entdeckte mich der Unterhaltungsredakteur und ließ mich Kriminalhörspiele schreiben. Es war eine Erlösung – *kein* Schulfunk mehr. Ein Jahr weiter, und ein Filmproduzent hörte eines dieser Kriminalhörspiele und zwar, das kommt einem heute gar nicht komisch vor: im Auto. Hundhirn hieß der Produzent. So einen Namen vergißt man nicht; und er war einer der ganz wenigen in der damaligen Zeit, der ein Radio in seinem Auto hatte. Ich schrieb ein Drehbuch für einen Film. Das blieb zwar bei Hundhirn in der Schublade liegen, aber es wurde bezahlt, und nach einiger Zeit mußte – durfte ich ein zweites Drehbuch schreiben, das auch in der Schublade liegen blieb, aber das siebte oder achte Drehbuch wurde wirklich verfilmt, und es gab Geld und kein Halten mehr.«

»Das muß so um 1950 herum gewesen sein?«

»Ja. Der Film hieß ›Eine Braut aus Rio‹. Mit Sonja Ziemann in der Hauptrolle. Ich hoffe, Sie haben den Film nicht gesehen.«

»Jedenfalls kann ich mich nicht daran erinnern.«

»Ich schrieb bestimmt an die hundert Filmdrehbücher – *wenn* das reicht. Ich war gefragt. Ich scheffelte Geld. Zwar: beim Publikum gilt ein Drehbuchautor gar nichts, den Namen auf dem Vorspann liest keiner – außerdem schrieb ich die schlimmsten Sachen unter Pseudonym. Jonny von Vaso.« Hierold lachte. »Ich hatte sogar einen Briefkopf: *Jonny von Vaso.* ›Allerhand von der Waterkant‹ mit Hans Albers, ›Das Annamirl vom Königssee‹ mit Heidemarie Hatheyer, ›Schloß Hohenstein‹ mit Rudolf Prack, ›Ein Gamsbart in Positano‹ – mit... ich weiß nicht mehr mit wem.«

»Den ›Gamsbart in Positano‹ habe ich, glaube ich, gesehen.«

»Du meine Güte«, sagte Hierold, »aber ich habe auch

gute Filme geschrieben – nach literarischen Vorlagen: ›Prädikat wertvoll‹ mit Dieter Borsche. Beim Publikum, wie gesagt, erntet man keinen Ruhm, aber ich verkehrte mit den Filmstars und den Regisseuren auf du und du, ich verdiente mir eine goldene Nase und zwei goldene Ohren dazu, im Jahr 1962 schon hatte ich eine Villa am Lago Maggiore, und vier von den hübschesten Schauspielerinnen habe ich geheiratet.«

»Gleichzeitig?«

Hierold lachte. »Hintereinander. Der Roman rückte in nebelhafte Ferne. Aber vergessen habe ich ihn nie. Ich meine: den zweiten Roman. Ich meine: ich habe nie vergessen, daß ich eigentlich Schriftsteller bin. Oder besser gesagt: ich habe es nie länger als drei, vier Tage vergessen.«

»Aber geschrieben haben Sie den neuen Roman nie?«

»Ich hatte keine Zeit dazu.«

»Und«, sagte ich, »es ist nicht leicht, freiwillig aufzuhören, so mühelos Geld zu verdienen.«

»Ich konnte es mir gar nicht leisten. Fünf Filme im Jahr kosteten mich schon allein die Alimente für die geschiedenen Weiber und die Kinder. Und ich konnte doch der jeweils Neuen nicht weniger bieten als den Vorhergehenden. Und die Yacht. Und das Reitpferd. Und und und.«

»Und dann?«

»Dann kam es noch schlimmer: die Fernsehserien. Ich will das gar nicht im einzelnen schildern. ›Die Glücksinsel‹ – achtundzwanzig Folgen; ›Die Animateurin‹ – vierundachtzig Folgen; ›Abenteuer einer Nonne‹ – hundertsechs Folgen –«

»Verzeihung – kann eine Nonne Dinge erleben, die hundertsechs Folgen füllen –?«

»Die Nonne war ein kaum verkapptes Plagiat: sie war Hobbydetektivin.«

»Sister Brown.«

»So ist es. Na ja – jedenfalls ging es da erst richtig los, und es wurde eigentlich professionell, und wir bekamen Honorare in Dollar –«

»– und Sie dachten höchstens noch jeden sechsten Tag an den Roman.«

»Ich sehe«, sagte Hierold, »ich öffne mein Herz keinem Unwürdigen.« Er winkte dem Kellner: »Sie können die Grappa-Flasche gleich dalassen.«

Das Edelste, das Würdigste, das Vornehmste, muß Lenbach sich gedacht haben: ist das menschliche Gesicht. Das adelige, menschliche Gesicht. Auch Bürgerliche können ein adeliges Gesicht haben, aber wenn der Inhaber des Gesichts noch dazu einen Adelstitel trägt, um so besser. Die Krone der Malerei ist das Portrait, muß Lenbach gedacht haben. Die Krone des Portraits ist das gekrönte Haupt, das irgendwie so oder so gekrönte Haupt. Das Antlitz, das edle Minenspiel, der vieldeutige Blick, der ausdrucksvolle Faltenwurf, Pelzkragen, Helm, der Bart, das schlichte, würdige Schwarz, das den Gelehrtenkopf umrahmt, die schmelzenden Perlen, die die virtuos gemalte *Büste* der Prinzessin untadelig und dennoch lasziv betonen, der Federbusch am lässig nach unten gehaltenen Hut des Oberhofmeisters, die mit höchster Kunst dem Licht entgegengehobene Schärpe des Prinzregenten, das düstere Barett des berühmtesten Tonsetzers – und immer wieder: die Augen: stechende, brütende, kalte, sogar eiskalte, befehlende, machthabende, ja hypnotisierende Augen, schmachtende, aufblickende, gesenkte, hingebende, hochmütige Augen – sofern weiblich – und alles in einer Vollendung gemalt, die ihresgleichen sucht. Rembrandts dämonische Halbschatten, Tizians souveräne Noblesse, Gainsboroughs distanzierte Glanzlichter, Murillos glühender Griff, alle Portraitkunst aus Jahrhunderten – Rubens, Van Dyck, Correggio, Giorgione, Tintoretto, Veronese, Velazquez, Reynolds – fließt hier zu der höchststilisierten Meisterschaft zusammen. Niemand hat je das erreicht, niemand kann ihm, Lenbach, da das Wasser reichen, niemand kann das so gut wie er. Der Weg nach oben: das Portrait. Der Weg in die Gesellschaft. 10000 Gulden für ein Bild. Alle reißen

sich darum: die Marchesa di Montagliari, die Kronprin-
zessin Luise von Sachsen, Franz Liszt und Emma von
Lang-Puchhof, der Brauer Sedlmayer und Guido Fürst
Henckel von Donnersmarck, Fräulein Henberger und
Björnstjerne Björnson, und Richard Wagner und der Kaiser und der König und hundertmal, sage und schreibe:
hundertmal Bismarck. Der Fürst und der Maler-Fürst. Jedes adelige Antlitz, das Lenbach malt, hebt ihn selber um
einen Zentimeter. Der Abstand nach oben wird immer
kleiner. Die Ebene gleicht sich an. Wer ehrt zuletzt wen,
wenn Lenbach – seit 1882 Franz Ritter von Lenbach – ir-
gendeinen Prinzen Rupprecht malt? Natürlich ehrt Lenbach den Rupprecht, und der zahlt auch noch dafür. Der
Aufwand ist gigantisch: Kutschen, Diener, Ateliers, Reisen, Köchinnen, Staffagen, das genüßliche Hinauswerfen
des Geldes mit vollen Händen, aber die Herrschaften, die
portraitiert werden wollen, werfen es ja ihrerseits dem Ritter Franz mit vollen Händen zum Fenster hinein. Wo soll
er denn sonst hin damit? Wenn er es nicht zum Fenster
hinauswirft, erstickt er daran. Und malt ein Portrait ums
andere – hat längst alle anderen hinter sich gelassen. Wenn
die anderen zwei Dutzend Portraits gemalt haben, ist *er*
schon bei Nummer 1000. Der Vorsprung ist nicht mehr
einzuholen.

Beim dritten Aufenthalt in Rom – vom Frühjahr 1882 bis
Mai 1887 – mietet er schon den halben Palazzo Borghese.
Der ganze römische Adel, ob schwarz (also päpstlich) oder
weiß (also savoyardisch), drängt sich in Lenbachs samt-
starrendem Atelier. Prinzessinnen, deren Portraitwünsche
nicht erfüllt werden können – wegen Überlastung des
Meisters –, bekommen Krämpfe: Wadenkrämpfe, Wein-
krämpfe, Herzkrämpfe, Unterleibskrämpfe. Und Lenbach malt. Und malt. 50000 Gulden für ein Portrait. Die
Kaiser und Könige sind alle schon portraitiert, jetzt
kommt noch der Papst: Leo XIII., Lenbach wird Cardinal
– nein, das nicht, das geht nicht, denn er hat inzwischen
geheiratet: eine Gräfin, was sonst, läßt sich scheiden, hei-

ratet eine Baronin. Nur der liebe Gott ist noch nicht für ein Portrait gesessen...

Und wo ist der Hirtenknabe geblieben, der so ruhig, so unangefochten und bloßfüßig auf dem Wiesenrain liegt? und der Rote Schirm, der die Hitze des Sommers filtert?

»Eines Tages«, sagte Hierold, »hatte ich mich genug über die Regisseure geärgert, die einem jeden Film verhundsen, und ich war weit genug oben, daß ich verlangen konnte, selber Regie zu führen. Jetzt brauchte ich die Damen Stars nicht mehr zu heiraten, wenn ich sie vögeln wollte – verzeihen Sie den Ausdruck...«

»Bitte«, sagte ich, »er ist wohl in der Branche gebräuchlich.«

»Jetzt stand ich sogar in den Spalten der Gesellschaftskolumnisten. Wenn ich auf einer Party war, so wurde das vermerkt. Ich bekam die Goldene Kamera und das Silberne Bambi und das Diamantene Bruchband und alles, was Sie wollen... aber... na ja. Sie wissen.«

»Der Roman.«

»Die ferne Erinnerung. Sie werden es komisch finden: ich bekam eine Mahnung, daß ich schon achtzehn Jahre meinen Jahresbeitrag für den PEN-Club nicht bezahlt habe. Ich war nämlich damals, nach dem Erfolg meines ersten Romans, zum Mitglied gewählt worden. Der PEN-Club. Du bist, habe ich mir gesagt, PEN-Club-Mitglied. Du bist Schriftsteller.«

»Der größte Teil der rückständigen Beiträge dürfte verjährt gewesen sein.«

»Verjährt? Darüber habe ich nicht nachgedacht. Ich habe sie bezahlt. *Gern.*«

»Und haben sich hingesetzt und Ihren zweiten Roman angefangen.«

Hierold lachte wieder. »Nein. Nicht sofort. Aber ich habe *Nein* zu sagen angefangen. *Nein* zu allen Aufträgen. Ich glaube, wenn ich es zusammenzähle, habe ich drei-, vierhunderttausend Mark abgelehnt. Aber ich sage Ihnen:

mit Vergnügen. Die Verträge, die ich zuvor schon abgeschlossen hatte, mußte ich natürlich einhalten. Obwohl ich auch das alles am liebsten hingeworfen hätte. Aber ich bin korrekt, auch wenn ich in der Fernsehbranche arbeite. Ich habe alles abgewickelt, aber nichts mehr angenommen. Nach eineinhalb Jahren war ich frei. Ich sage Ihnen – ich erinnere mich genau an die Stunde: ich bin im Haus eines Freundes im Maggia-Tal gesessen, da sind die Korrekturen der letzten Folge meiner letzten Serie gekommen. Ich mußte noch eine zusätzliche Einstellung schreiben… dann habe ich das Couvert zugeklebt… ein neugeborener Mensch.«

»Der Stoff für den neuen Roman«, fuhr Hierold dann fort, »ist mir etwa einen Monat vorher eingefallen. Da war ich zufällig in München und habe die Ausstellung eines Malers im Lenbach-Haus besucht, von dem ich ein paar Bilder habe. *Informel*, Sie wissen, er malt nur schwarzweiß. Ich habe dann, mehr aus Verlegenheit, auch die anderen Räume besichtigt, die Räume, die noch ungefähr wie zu Lenbachs Zeiten aussehen, und auch ein paar Lenbachs betrachtet. Der ›Titusbogen‹ hängt dort und das Familienbild aus dem Jahr 1903, in dem sich der Maler so unnatürlich zu seiner Frau und seinen Töchtern hinbeugt, daß man unwillkürlich an ein Photo mit Selbstauslöser denkt. Und die Vorlage *war* ein Photo mit Selbstauslöser. Ich habe gar nicht gewußt, daß es das damals schon gegeben hat. Aber ob Photo oder nicht, es spielt keine Rolle. Ich bin vor dem Bild gestanden und habe diesem Lenbach ins Gesicht geschaut.«

Im Mai 1887 verläßt Franz Ritter von Lenbach nach vier jährigem Aufenthalt Rom, nachdem er Atelier und Hausstand im Palazzo Borghese aufgelöst hat. Er beginnt in München, für welche Stadt er sich als endgültigen Aufenthaltsort entschieden hat, die *Lenbach-Villa* zu bauen. Die Ehe mit Magdalena Gräfin Moltke wurde 1896 geschieden, noch im gleichen Jahr heiratet Lenbach Charlotte

Freifrau von Hornstein. Die zweite Hochzeitsreise führt, unter anderem, nach Rom. Es ist Lenbachs letzter Aufenthalt in der Stadt.

»Ich weiß nicht«, sagte Hierold, »ob ich diese Episode in meinem Roman verwerte. Wenn man sich so viel mit einem Gegenstand beschäftigt, wie ich jetzt mit der Biographie Lenbachs, dann verliert man leicht den Überblick über die Proportionen. Vielleicht schreibe ich das Kapitel und streiche es nachher wieder. Es könnte: *Der Bismarckhering* heißen, und es behandelt die Geschichte der ersten Lenbachschen Ehe.«

»Mit der Gräfin Moltke?«

»Ja. Magdalena Maria, fast dreißig Jahre jünger als Lenbach, Nichte des Generalfeldmarschalls, den Lenbach natürlich auch portraitiert hat, mehr als einmal. Von *Lena*, wie Lenbach sie genannt hat, gibt es ein ganzfigürliches Bildnis, das eine junge, schöne, etwas arrogante Dame zeigt, bei deren Anblick Intelligenz nicht gerade als der auffälligste Charakterzug aufleuchtet, wenn Sie verstehen, was ich meine. Ja. Und da gab es dann den Hausarzt Dr. Ernst Schweninger, der auch ein Freund Lenbachs war. Schweninger stammte aus der Oberpfalz und behandelte einmal im Hause Lenbach Bismarcks ältesten Sohn *Bill*, und zwar so erfolgreich, daß der Sohn diesen Schweninger auch dem Vater empfahl. Sie müssen wissen, daß Bismarck entsetzlich rechthaberisch war. Er hat sich bekanntlich zu der nachgerade horrenden Anmaßung verstiegen zu behaupten: er könne sich nicht daran erinnern, je in seinem Leben etwas falsch gemacht zu haben. Dazu war er ein Hypochonder mit einer Fistelstimme. Um 1888, im kritischen Dreikaiserjahr, bildete sich Bismarck ein, sterbenskrank zu sein. Die preußischen Ärzte, die ihn untersuchten, baten submissest um die fürstliche Äußerung, welche Krankheit genehm sei. *Krebs*, knirschte Bismarck. Also diagnostizierten die Ärzte Krebs. Bismarck siechte dahin. Jedenfalls bildete er es sich ein, bis der Dr. Schweninger kam. Schweninger war zwar Arzt, promoviert und sogar habilitiert, aber er stellte sich in seinen Methoden bewußt in schroffen Gegensatz zur Schulmedizin. Heute würde man ihn einen Homöopathen nennen, damals hätten die anderen Ärzte ihn am liebsten einen Scharlatan genannt, wenn er nicht approbiert und promoviert gewesen wäre. Zumal das mit den kernigen Naturheilmethoden bei Schweninger nur zur Hälfte Überzeugung war, zur anderen Hälfte war es Geschäftssinn. Nun gut. Schweninger wurde zum Fürsten Bismarck gerufen und diagnostizierte das, was wahrscheinlich jeder auf den ersten Blick erkannt hätte: ›Durchlaucht fressen zu viel‹. Bismarck heulte auf und sah seinen geliebten Krebs dahinschwinden, aber Schweninger blieb unerbittlich und verordnete eine strenge Diät. *Heringe.* Ausschließlich Heringe. Seitdem heißen die Viecher nach Bismarck, obwohl sie eigentlich *Schweninger-Heringe* heißen müßten. Aber so ungerecht ist eben der Lauf der Welt.«

»Hielt sich Bismarck an die Heringe?«

»Ja. Er war ja ein Trotzkopf. Sogar gegen sich selber. Er hielt durch, nahm 40 Kilo ab und war vom Krebs geheilt. Die Sache sprach sich herum, und von da an war Schweninger natürlich ein gemachter Mann. Von Friedrich Krupp bis Cosima Wagner ließ sich alles von Schweninger behandeln, was Rang und Namen hatte. Gegen den Widerstand der gesamten Facultät setzte es Bismarck durch, daß Schweninger Professor in Berlin wurde. Wie gut die Kollegen dann auf ihn zu sprechen waren, können Sie sich denken. Zumal er noch dazu Geld wie Heu scheffelte.«

»Und was hat das mit Lenbach zu tun?«

»Es gibt eine Photographie aus dem Jahr 1894. Da sitzt Magdalena von Lenbach in der Loggia der Lenbach-Villa mit der Tochter Marion und schlägt die Augen nieder. Hinter ihr zwei Zofen, die neugierig, um nicht zu sagen frech in die Kamera blicken. In einiger Entfernung, nachgerade verdächtig unauffällig und mit einem Grinsen, das nicht anders als *mephistophelisch* zu nennen ist, steht –

Prof. Dr. med. Ernst Schweninger. Und dazwischen in einer Muschelnische die Statue einer nackten Venus, wahrscheinlich Abguß einer Antike, die die rechte Hand auf eine *außerordentlich* weibliche Stelle ihres Körpers legt... das kann nicht alles Zufall sein.«

»Oder«, sagte ich, »die Macht der Umstände hat die handelnden Personen in die verräterischen Positionen gedrängt.«

»Einen Moment«, rief Hierold, »das ist sehr gut.« Er wiederholte meinen Satz: »Erlauben Sie –?«

»Bitte«, sagte ich, »ich brauche ihn nicht, ich bin kein Schriftsteller.«

Hierold zog ein längliches Heft aus seiner Jackentasche und notierte den Satz. »Ich notiere hier alles, was ich für den Roman brauchen kann.«

Ich sah auch Verse in den Notizen. »Verse?« fragte ich.

»Ja«, sagte er, »deutsche Hexameter.«

»Schreiben Sie Ihren Roman in Hexametern?«

»Außer der lateinischen und selbstredend der altgriechischen Sprache eignen sich nur *zwei* Sprachen für Hexameter. Das ist erwiesen. Deutsch und – Sie werden es nicht glauben – Tschechisch. Aber zurück zu Dr. Schweninger. Als 1895 Magdalena von Lenbach eine zweite Tochter zur Welt brachte, *Erika*, überkamen den Malerfürsten keine Vaterfreuden. Im Gegenteil, von da an titulierte er seinen nun ehemaligen Freund einen ›geheimen Unrath‹ und ›schwarzen Lumpen‹. Lenbachs Ehe wurde geschieden. Die Tatsache, daß die kleine Erika mit Frau von Lenbach fortzog, während Marion beim Vater blieb, und daß Frau von Lenbach bald darauf Herrn Professor Schweninger heiratete, dürfte Lenbachs Verdacht gegen den Herings-Doktor im nachhinein bestätigt haben.«

»Soweit also das Kapitel *Bismarck-Hering*.«

»Ja. Wie gesagt, ich weiß nicht, ob ich es nicht nachher wieder streiche.«

»Haben Sie es denn schon geschrieben?«

»Nein«, sagte Hierold, »ich habe überhaupt noch nichts

geschrieben. Aber meine Vorarbeiten habe ich schon gewaltig vorangetrieben, wie Sie sehen. Und ich schreibe den Roman. Auch wenn Metro und Goldwyn und Mayer selbdritt bei mir anklingeln würden.«

»Es soll«, sagte Hierold, »keine Biographie im wissenschaftlichen Sinn werden. Solche gibt es genug. Es soll ein Roman werden. Mich interessiert das Innenleben meiner Personen. Der Hauptperson vor allem, selbstverständlich Lenbach. Franz Ritter von Lenbach. Nach zehntausend Portraits hat er hie und da wieder was anderes gemalt. Ich bringe das in meinem Roman nicht chronologisch. Mir kommt es auf den größeren Zusammenhang an.

Da gibt es aus den neunziger Jahren diese merkwürdigen Arbeiten, in denen Lenbach Bilder von Bildern gemalt hat. Verstehen Sie? Das ist doch merkwürdig. Zerrissene Pasticci: er hat seine eigene Palette und die Pinsel portraitiert, mit akribischer Genauigkeit ein Schmuckstück, das über die Palette gehängt ist, die im übrigen niemand hält, die über einer südlichen Landschaft schwebt, riesengroß, bedrohend. Die Landschaft ist idyllisch, mit weißen Säulen und Regenbogen und einer tanzenden Frau, weiter hinten, aber man weiß gar nicht, ob das dazugehört, das Meer und ein fernes blaues Vorgebirge, und davor stehen Portraits: Bilder in den Bildern, mit Rahmen, aber das eine Portrait – ist es ein Selbstbildnis? – tritt aus dem Rahmen heraus, oder vielmehr: der Rahmen tritt in das Dunkel zurück, und man weiß nicht, in welche der vielen Dimensionen des Bildes der Kopf dieses bärtigen Alten gehört, der, ich lasse es mir nicht nehmen, *mahnend* blickt. Er trägt, wenn ich die Andeutung richtig verstehe, altdeutsches oder altniederländisches Kostüm. Das Bild ist Lolo von Hornstein gewidmet, Juli 1893 ... Solche in den Dimensionen zerrissenen Bilder, die fast unrealistisch sind, gibt es mehrere aus diesen Jahren. Oder Akte: die wilde, dunkel haarige Frau, der das Kleid bis weit unter die Hüften gerutscht ist, oder das nicht anders als lasziv zu nennende

Bild der nackten Frau Feez, die nur mit einem, wenngleich kostbaren Gürtel bekleidet ist, von zwei Raben umflogen. Das eine Bild könnte man: *kurz davor*, das andere *kurz danach* nennen. Beide aber, so verschieden sie gemalt sind, sind Meisterwerke in ihrer Art.

Nein, nein – ich lasse es mir nicht nehmen. Lenbach ist vor den Trümmern der verratenen Genialität gestanden, und diese Trümmer bestanden aus einem gigantischen Haufen in der Masse langweiliger Portraits langweiliger Leute.

Ich lasse Lenbach in der Nacht aufstehen. 1896... die zweite Hochzeitsreise führte Lenbach wieder nach Rom. Das ist historisch. Kein Lärm, kein Schrei hat ihn im Hotel geweckt. Er ist nicht aus einem Alptraum aufgeschreckt: er ist aufgewacht, wie vom Geist geweckt, und er war sofort hellwach. Lolo schlief neben ihm mit ruhigen, langen Atemzügen. Das Nachthemd war von ihrer Schulter gerutscht. Durch den Spalt des schweren Vorhangs fiel ein Streifen Licht durch das Zimmer und ließ die weiße Haut der jungen Frau erglänzen. Lenbach richtete sich auf. Alles war still. Lenbach tastete nach seiner Brille, setzte sie auf, schaute auf die Uhr: kurz nach halb drei.

Ganz leise, um Lolo nicht zu wecken, setzte Lenbach – ich stelle mir vor, er trug ein bodenlanges seidenes Nachthemd – seine Füße auf den Boden, schlich ins Badezimmer, zog sich an. Im *Hotel d' Inghilterra* lasse ich die beiden wohnen. Ich habe mich erkundigt: das hat es damals schon gegeben.

Der Nachtportier schreckte auf, als Lenbach das Hotel verließ. *Pst*, sagte Lenbach und gab ein Trinkgeld. Aber Lenbach ging natürlich nicht dorthin, wohin der Nachtportier vermutete. Lenbach wandte sich zum *Corso* und ging den *Corso* hinauf – oder sagt man: hinunter? zur Piazza Venezia. Damals stand das Victor Emanuel-Denkmal noch nicht, und das *Forum* war frei zugänglich.

Selbstverständlich lasse ich den Mond scheinen. Ein paar herbstliche Wolken treiben vorüber. Die Schatten fallen schwarz über die Wege. Der Schritt hallt auf dem Travertin; aber als Lenbach, vom Colosseum her kommend, wo ein paar Katzen neugierig dem bärtigen Mann nachschauen, zum Titusbogen einschwenkt, erstirbt auf dem Sandweg das Geräusch der Schritte. Nur die Oleanderblätter rascheln im Nachtwind.

Unter dem Titusbogen erwartet Lenbach eine hagere Gestalt, grau, weniger dicht als die Mondschatten, eine Gestalt aus Nebel. Sie tritt heraus und einen Schritt auf Lenbach zu.«

Hierold schwieg.

»Und –?« drängte ich.

»Ich habe mir überlegt«, sagte Hierold, »ob ich nicht das folgende Gespräch, das das Kernstück meines Romans ist, in Versen schreibe.«

»In Versen, hm«, sagte ich.

»Ich erwähnte schon, daß sich die deutsche Sprache gut für Hexameter eignet.«

»Daher also die Versuche, die ich in Ihrem Notizbuch gesehen habe.«

»Warum nicht Hexameter?« Hierold zog sein Notizbuch heraus. »Ich habe, literarisch gesehen, nichts zu verlieren. Wenn die Kritiker sich das Maul darüber zerreißen – ich habe mein Vergnügen gehabt.« Er schlug das Heft auf.

»Wer, so fragte der Maler, bist du, schauriger Schatten, der mich in römischer Nacht, gegen halb drei Uhr geweckt? Der mich aus meinem Hotel hierher zum Forum zitierte?

Kennst du mich nicht, sagte der gräuliche düstere Schatten, kennst du mich, Franz, wirklich nicht mehr?
bin ich denn ganz, so ganz aus dem Geist und Gedächtnis so völlig verweht und verschwunden?

Doch, sagte Lenbach, es dämmert und schaudert im Kopf mir hervor,

du bist… Ja, ich bin es, sagte der Schatten und führte den Maler.
Seitlich zu einem Gesteinsblock, mag sein, einer alten Säule.
Und drückte den Meister, der ächzte und sorgsam die Hose sich glättet,
nieder auf jene Säule und setzte sich selber daneben.

Ich, sagte der Schatten recht freundlich, bin *du*, und du weißt es schon längstens.

Da senkte der greise Maler das Haupt, sagte gar nichts, verstummte.«

»Das haben *Sie* gedichtet?« fragte ich.

»Ganz alleine«, sagte Hierold.

»Wenn ich also recht verstehe«, sagte ich, »so lassen Sie dem alten Lenbach seinen eigenen Schatten begegnen, der unter dem Titusbogen heraus ihm entgegentritt –«

»Es ist der Schatten des *jungen* Lenbach, des Lenbach, der in Rom den *Titusbogen* und der in Aresing den *Roten Schirm* gemalt hat. Und ich habe vor, ein großes Gespräch zu schildern zwischen den beiden. Auch dazu habe ich mir Notizen gemacht.« Hierold schlug sein Notizbuch an anderer Stelle auf, las allerdings nicht vor, sondern referierte anhand der ziemlich konfus kreuz und quer geschriebenen Eintragungen. »Der Schatten hält dem Malerfürsten vor, was er hätte werden können, wenn er den Weg weitergegangen wäre, den er mit der Aresinger Licht- und Sommermalerei betreten hat. Ja – entgegnet Lenbach – dann wäre ich wie mein Freund Johann Baptist Hofner geworden, der dort im Spargelgau versauert und seine Hühner malt. Oder – lasse ich den Schatten sagen – du wärst ein deutscher Courbet und Corot und Manet und Monet in *einem* geworden. Das Zeug dazu hättest du gehabt. Schau deinen *Roten Schirm* an: du hättest das *Licht* gemalt, das unfaßbare, ungreifbare Licht gemalt, du hättest ein Stück dessen, was die unbegreiflichste Art der Natur ist, in die Kunst gebannt. Denk an dein Bild: *Luft mit Haus.* Da hast du nur Licht und Luft und Äther gemalt und unten rechts im Eck ein Fragment eines Hauses – eine Zeitkonzession, aber mit diesem Bild warst du deiner Epoche um hundert Jahre voraus wie kein anderer Maler. Und dann bist du mit deinen öden Portraits in die Renaissance zurück... du hast tausendmal gemalt, was es hunderttausendmal schon gibt. Tausende Nasen. Wieviele davon sind schon tot? Und es dauert nicht lang, dann sind alle tot. Dann hast du einen Friedhof gemalt. Und du hättest das Zeug dazu gehabt: das lebendige Licht zu malen.

Das macht den alten Lenbach nun doch nachdenklich. Ich lasse ihn aufstehen und hin und her gehen. Dann antwortet er: ich lebe nur einmal. Und noch nie, solang die Welt steht, hat einer, der sich davon ernährt, daß er Bilder malt, so fürstlich gelebt wie ich. Ich bin, kann ich ohne unbescheiden zu sein, sagen...

Ich weiß, ich weiß, lasse ich den Schatten sagen, du brauchst mir dieses Zeug nicht zu erzählen. Ich bin ja du. Du bist *Doctor honoris causa* und *Ritter von* und Millionär und Herr einer Villa, die ein Palais ist, und wenn du dich weigerst, die Königin von Italien zu portraitieren, brechen diplomatische Verwicklungen aus, daß das europäische Gleichgewicht durcheinanderkommt... das weiß ich alles. Du lebst fürstlich, du Malerfürst. Und was bist du? Ein Knecht deines Einkommens.

Es ist angenehm, so fürstlich zu leben, sagt Lenbach trotzig. Du lügst, sagt der junge Lenbach, du hast es längst satt. Und du weißt, daß du das Licht hättest malen können. Das Sonnenlicht, das durch den Roten Schirm von Aresing hindurch sogar noch die Schatten färbt.

Und was hätte ich davon gehabt? fragt Lenbach der alte, Bilder, die Ladenhüter sind! Die Anerkennung der wenigen *Kenner*. Hör mir auf mit den Kennern –

Die Anerkennung der Prinzessinnen ist dir lieber?

Wo krebsen denn diese – er sagt das Wort so, wie es damals gebraucht wurde, nämlich als Schimpfwort – diese *Impressionisten* herum? In ihren Bruchausstellungen, weil sie sonst refusiert worden sind…

Du warst der begnadetste Impressionist –

Ich laß mich von dir nicht beschimpfen.

Du weißt es selber!

Ich lebe nur einmal.

Du malst auch nur *ein* Leben lang.

Ich weiß, was ich zu tun habe.

Du hast dein Leben lang das Falsche gemalt.

Lenbach schreit auf: Ich kann doch dreißig Jahre nicht ungeschehen machen!

Warum schreist du so?

Ich bin über sechzig Jahre alt. Ich kann doch nicht… ich kann doch nicht von heute auf morgen…

Du kannst nicht, der Schatten lächelt, aber eher freundlich, du kannst nicht aufhören, dir das Geld nachwerfen zu lassen? Das meinst du?

Lenbach schweigt.
   Du weißt, sagt der Schatten, daß ich recht habe.
   Lenbach ächzt. So schlecht sind meine Portraits auch wieder nicht.
   Nein, gar nicht. Im Gegenteil. Es sind virtuos gemalte Stücke, es sind hinreißende Sachen dabei. *Aber*: es ist nicht das, was du wirklich hättest leisten können.

Es schüttelt Lenbach. Es will nicht aus ihm heraus. Aber es sprengt das innerste, bestgehütete Safe der Seele, und es zerreißt fast den Geist des alten Malers. Es schüttelt ihn: Ich weiß, sagt er. Aber –

Aber –?

Dann ist es eben *meine* Sünde. Dafür habe ich fürstlich gelebt.

Nein. Es ist nicht nur *deine* Sünde, sagt der Schatten leise, denn der Weltgeist, Abteilung Malerei, hat auf dich gewartet. Auf dein Werk, das du nicht abgeliefert hast.

Und die Annahme der ganzen Arbeiten – meines Werkes, der Portraits, der *Galerie der bedeutenden Zeitgenossen* – die Annahme hat der Weltgeist verweigert?

So ist es, sagte der Schatten.«

Hierold schwieg. Wenn mich nicht alles täuschte, war er selber ergriffen von seinem Vortrag. Ich wartete ein wenig, dann sagte ich, leise, wie zuletzt der Schatten: »Sie brauchen das alles eigentlich nur hinzuschreiben.«

»Meinen Sie?«

»Ja«, sagte ich. »Es hat mich ziemlich beeindruckt.«

Hierold stand auf. Wir waren im Caffè Greco gesessen. Carmine, der Kellner, hatte schon ein paarmal irritiert hergeschaut, weil Hierold so temperamentvoll deklamiert hatte. Hierold zahlte – er duldete nie, daß ich zahlte –, und wir gingen die Via Condotti hinunter zum Corso.

»Ich weiß nur nicht«, sagte Hierold, »ob ich… also: wie ich es enden lasse.«

»Vielleicht ist es ein Traum? Und Lenbach wacht um dreivierteldrei wieder auf, und Lolos weiße Schulter ist immer noch entblößt.«

»Nein, nein«, sagte Hierold und schaute nach oben, »das soll schon quasi real sein. Der Schatten verschwindet zwischen den Trümmern des Forums, Lenbach will ihm nach, ergreift aber nur einen Zweig… kehrt dann ins Hotel zurück, Lolo hat nichts bemerkt, hat fest geschlafen. Lenbach liegt noch eine Zeitlang mit offenen

Augen im Bett, dann schläft er ein. Beim Frühstück findet Lolo ihren Mann völlig verändert...«

»Soviel ich weiß«, sagte ich, »hat Lenbach bis zum Ende seines Lebens weiter Portraits gemalt wie die dreißig Jahre zuvor.«

»Ja, schon«, sagte Hierold, »aber ich schreibe einen Roman. Ich muß nicht bei der Realität bleiben. Ich neige zu dem Gedanken, Lenbach zu... zu...«

»...zu läutern.«

»Ein dummes Wort.«

»Nicht dumm, nur altmodisch.«

»Meinetwegen. Zu läutern. Er wirft alle Grafen und Minister und Prinzessinnen hinaus und malt: das Licht. Er ergreift noch einmal die Hand des Genius und schwingt sich im letzten Augenblick über die Hürde... und es entsteht ein gewaltiges Licht-Werk... ein weltaufsehenerregendes Werk, das die Summe aller Malerei bis dahin und gleichzeitig das aufgestoßene Tor in die Kunst des neuen Jahrhunderts ist – so etwas wie die *Nympheas* von Monet.«

»Na ja«, sagte ich, »dichterische Freiheit. Schade, daß es die *Nympheas* von Lenbach nicht gibt.«

Er war nicht nur *genau*, er war – in seiner Branche wohl eher unüblich – auch pünktlich. Ich wunderte mich also, daß er nicht da war. Wir hatten uns für halb elf Uhr im Caffè Greco verabredet und wollten mit dem Auto nach Anagni fahren, das ich noch nicht kannte. (Hierold hatte für die ganze Zeit seines Aufenthalts ein außergewöhnlich elegantes zweisitziges Auto gemietet.) Auch Hierold kannte Anagni nicht, es interessierte ihn auch nicht, weil es für seinen Roman keine Rolle spielte, aber er wollte mir den Gefallen tun, mich hinauszufahren, und dabei über den Romanschluß zu reden. Er war nämlich unsicher geworden.

Nachdem ich eine Viertelstunde gewartet hatte, schaute mich der Keller Pietro an, erinnerte sich, rief: »Ah!« und brachte mir ein Couvert. Ich riß es auf: Hierold schrieb, daß aus unserer Fahrt heute nichts werden könne; er müsse, was er gestern spät abends erst erfahren habe, kurz nach Deutschland zurück; er nehme heute das erste Flugzeug. Einige Japaner, schrieb er in eiliger Schrift, erwarteten ihn. Es sei, kritzelte er, es war fast nicht mehr lesbar, von einer japanischen Fernsehgesellschaft geplant, sämtliche Dramen Goethes und Schillers zu verfilmen, und er, Hierold, sei damit beauftragt, die Adaptierung zu besorgen. »Es ist doch das schließlich«, schrieb er wörtlich, »auch Literatur.« Das ganze sei ein Projekt auf mindestens acht Jahre, und er werde für die Zeit nach Tokio ziehen.

Der Titusbogen stand im Spätabendlicht. Das Forum war schon geschlossen, ich stand vor dem Gitter.

Wovon zeugt ihr, Bogen aus Stein, ihr geborstenen Säulen?

Zeugt ihr von einstigem Ruhm oder von düstrem Verfall?

Mahnt ihr an Weisheit und Tugend, Moral und dergleichen der Alten?

Oder zeigt ihr an, daß selbst die Sternengröße vergänglich?

Jedenfalls aber, wenn, steinerner Bogen, du abendlich glänzest

im roten und goldenen Lichte der Sonne, bist du mir Freude und Trost und froh entschreit' ich hinüber, wo im Caffè

Martini ich sitzend den Abend genieße...

Es dürfte sich, sagte ich mir, erübrigen, diese Verse nach Tokio zu schicken, mit freundlichen Grüßen zur allfälligen Verwendung.

Die Schatten fielen in das Forum. Zwei Katzen kamen den Clivus Palatinus herunter, schauten sich kurz nach mir um und spazierten dann, unbehelligt von Touristen, gegen das Haus der Vestalinnen hinunter, wo sie sich bald hinter Gebüsch verloren.

Gelzers Pferd

Ich habe meinen römischen Freund Dr. Kappa noch nie nervös gesehen – mit einer Ausnahme. Er ist der ruhigste Mensch der Welt, er leitet mit überlegener Hand selbst die quirligste Gruppe von Pilgern durch die aufgeregte Menge auf dem Petersplatz und führt sie mit strategischem Geschick, das er sich in jahrzehntelangem Umgang mit Heilig- und Seligsprechungen erworben hat, auf die vorbereiteten Plätze in der Basilika, von denen aus sie den beliebten Wojtila-Papst, der so viel freundlicher ausschaut, als er ist, gut sehen können. Dr. Kappa erklärt, wenn es sein muß, im schneidenden Februarwind auf dem Gerüst um die Trajan-Säule stehend, die Reliefs. Sie werden lebendig, wenn er redet; und er dirigiert, wenn es sein muß, auch zweihundert unzufriedene Rheinländerinnen am Peter- und Paulstag durch eine tosende Japanermenge bis zum bronzenen Zeh und wartet geduldig, bis dieser zweihundertmal rheinisch geküßt ist.

»Glauben Sie daran?« fragte ich Dr. Kappa.

»Woran?«

»An den Zeh?«

»Selbstverständlich glaube ich an den Zeh. Ich kann ihn ja sehen und angreifen. Ach so, Sie meinen das philosophisch: was ist empirisch festzustellen? So meinen Sie das: ist etwas, was ich sehe, *wirklich* –?« Dr. Kappa ist nebenbei auch Doktor der Philosophie.

»Nein«, sagte ich, »verzeihen Sie, ich habe das weit vordergründiger gemeint. Glauben Sie an die Wirkung des Zehenkusses? Meines Wissens küssen Frauen, die schwanger werden wollen, den bronzenen Zeh. Wenn ich aber Ihre zweihundert Rheinländerinnen anschaue – ich weiß nicht, ob das genotypisch wünschenswert wäre.«

Dr. Kappa lachte. Ich gehörte natürlich nicht zur Rheinländerinnen-Reisegruppe. Die war am Freitag gekommen, stammte aus der Pfarrei, in der die Nonne vor zweihundert Jahren gelebt hatte, die jetzt selig gesprochen werden sollte. Der Pfarrer war auch dabei, der wohnte bei einem mit ihm befreundeten Geistlichen auf dem Aventin. Mit dem hatte Dr. Kappa keine Mühe, aber die zweihundert Pilgerinnen hatten untergebracht werden müssen.

»Zweihundert Zimmer«, erklärte mir Dr. Kappa, »sind in Rom selbstverständlich ohne weiteres aufzutreiben. Es sind sogar zweihundert *billige* Zimmer aufzutreiben. Was schwierig ist, sind zweihundert *gleiche* billige Zimmer. Das ist schlichtweg unmöglich. Und dann behauptet jeder, daß er das schlechteste Zimmer bekommen habe.« Er erzählte mir einen Witz: da beschwert sich einer beim Hotelier, daß er für hunderttausend Lire ein Zimmer mit schiefer Decke, lebensgefährlichem Balkongeländer und Blick zu den Aschentonnen des Hofes bekommen habe, und jetzt müsse er feststellen, daß ein anderer Gast ein Luxus-Zimmer mit Terrasse und Blick über das Meer habe. »Und der zahlt nur fünfzigtausend! Warum?« »È fortunato«, sagt der Wirt. Aber der Witz hilft nicht weiter, sagte Dr. Kappa. Der Witz kennzeichne zwar die italienische Mentalität, besonders die der Hoteliers, aber bei zweihundert unzufriedenen Rheinländerinnen könne er nicht weiterhelfen. Also blieben sie in ihren Zimmern und seien unzufrieden. »Dafür kommen sie vielleicht nicht mehr nach Rom«, seufzte Dr. Kappa. Er seufzte, aber nervös wurde er nicht. Nervös geworden ist er nur einmal.

Ich war schon seit Montag in Rom, und am Dienstag schickte mir Dr. Kappa einen Zettel ins Hotel, daß er am Samstag die Genehmigung bekommen habe, die Rheinländerinnen – in Gruppen zu je 25 – durch die vaticanischen Grotten zu führen. Da der Custode nicht so genau zählen würde, könne ich mich anschließen, als sechsundzwanzigster einer Gruppe. Selbstverständlich schloß ich mich an. Unter Dr. Kappas Führung – er ist schließlich gelernter Archäologe – blühte die ganze frühchristliche Geschichte kritisch, aber poetisch auf. Das nur nebenbei. Wie schwierig es ist, 25 unzufriedene Rheinländerinnen durch die vaticanischen Grotten zu führen und gleichzeitig quasi telepathisch die restlichen 175 draußen auf der Piazza Braschi in Schach zu halten, kann man sich ausmalen. Dr. Kappa wurde nicht nervös. Er kannte einen Schweizergardisten, Anderlaus hieß der. Der schaute ab und zu bös zur führerlosen Restgruppe herüber und stieß seine Hellebarde auf den Boden.

Er habe, sagte mir Dr. Kappa am Montag drauf, und da erlebte ich ihn zum ersten (und bisher letzten) Mal nervös, den Anruf Gelzers nicht ernst genommen. Er habe sogar, sagte er, wenn er ehrlich sein wolle, die Sache überhaupt völlig vergessen gehabt, und daher sei er wie vom Schlag getroffen worden, nein, besser gesagt: er habe gedacht, jetzt habe es ihn erwischt, als er das Pferd vor seinem Büro sah. Das Pferd sei so groß und so dick gewesen, daß Gelzer – den er im übrigen auch gar nicht gekannt habe – daneben nicht aufgefallen sei.

Der Anruf, das erzählte mir Dr. Kappa einige Tage später, es war kurz vor meiner Abreise aus Rom, sei aus Kärnten gekommen. Ein Freund einer Bekannten seiner Schwägerin Martina wohnte in Kärnten, hieß Gelzer und hatte ein Pferd. Dieser Gelzer kam auf die etwas abwegige Idee, aus Klagenfurt oder Villach oder wo immer, jedenfalls aus Kärnten, nach Rom zu reiten. (»*Gen* Rom«, sagte Dr. Kappa.) Damals bereitete der Papst einen Besuch in Österreich vor, in dessen Verlauf natürlich Wien, aber auch verschiedene österreichische Bundesländer von ihm besucht werden sollten, nicht aber – und das war es, was Dr. Kappa in so enorme Schwierigkeiten brachte – Kärnten. Das ließ den offenbar eingefleischten Kärntner Gelzer nicht ruhen noch rasten, und er sann darauf, wie der Papst doch noch dazu bewogen werden könnte, auch Kärnten mit seinem heiligen Fuß zu betreten. Da Gelzer ein nicht minder eingefleischter Pferdefreund war, kam er auf die Idee, nach (»gen«) Rom zu *reiten*, und er malte sich aus, daß, wenn er, Gelzer, nach Rom geritten käme, vor den Papst trete und einen Kniefall tue, der Heilige Vater es nicht übers Herz bringen würde, Kärnten *nicht* zu besuchen. Wenn schon nicht durch sein, Gelzers, so doch durch *Mandis* Anblick gerührt. Mandi hieß das Pferd. Das wußten zu der Zeit weder Dr. Kappa noch ich, am wenigsten der Papst. Dr. Kappa und ich sollten es erfahren, der Papst – um dies vorwegzunehmen – nicht.

Dr. Kappa bekommt viele Anrufe, wenn der Tag lang ist. Viele wissen, daß Dr. Kappa ein Büro in der Nähe des Petersplatzes hat, gleich hinter Berninis Colonnaden, und daß er gern behilflich ist. Auch dem ihm bis dahin unbekannten Herrn Gelzer versprach Dr. Kappa, behilflich zu sein, Herr Gelzer möge sich nur an ihn wenden, so sagte er am Telephon zum Freund einer Bekannten seiner Schwägerin Martina und vergaß begreiflicherweise den Anruf, dachte mit keinem Gedanken daran, während Gelzer auf Mandi tatsächlich gen Rom ritt. Er brauchte vierzehn Tage. Das Tier war ein sogenannter Noriker und eigentlich nicht dafür gedacht, so lange Strecken zu traben. Ein Pferd ist sehr empfindlich, es wird ihm leicht zu warm und genauso leicht zu kalt. Die Tagesstrecken dürfen nicht zu lang und nicht zu kurz sein. Außerdem muß man Umwege machen, damit das Pferd möglichst nicht auf Asphalt geht, und so fort. Gelzers Gepäck führte Udo mit. Das war ein anderer Freund der Bekannten von Dr. Kappas Schwägerin Martina. Udo fuhr mit dem Auto nebenher oder etwas hinterdrein oder voraus, je nachdem. Nach vierzehn Tagen jedenfalls war Gelzer in Rom, ritt zum Petersplatz und läutete am Haus hinter Berninis Colonnaden, in dessen zweitem Stock sich Dr. Kappas Büro befindet. Udo – er wußte wohl, warum – fuhr unverzüglich in Richtung Brenner zurück.

Die Colonnaden Berninis sind das einzige Kunstwerk der Welt, das gleichzeitig eine Landesgrenze ist. Innen ist Vatican, heraußen Italien. Im Vatican, also auf dem Petersplatz, herrscht Fahrverbot, in Italien, durch die Via S. Uffizio, braust der ganze infernalische Verkehr, der aus der

Stadt heraus sich in die Ausfallstraße der Via Aurelia ergießt: Einbahnstraße, aber dreispurig. Als Fußgänger die Via S. Uffizio zu überqueren, bringt in der Stoßzeit vierhundert Tage vollkommenen Ablaß, den man in der Regel auch braucht. Und dort stand Mandi, und auf Mandi saß Gelzer. Die Autofahrer glaubten an Congestionen. So auch Dr. Kappas Sekretärin. Sie drückte zunächst auf den Türöffner. Als nach längerer Zeit niemand kam, rief sie durch die Gegensprechanlage: »Pronto?«, worauf ein Wiehern ertönte. Daraufhin beugte sich die Sekretärin aus dem Fenster und sah Mandi und Gelzer, der heraufwinkte und durch den Autolärm zu schreien versuchte: »Doktor Kappa??«

Die Sekretärin wankte zurück ins Zimmer und erschien kreidebleich wie nach einer Gespenstererscheinung bei Kappa und sagte mit belegter Stimme: »Sie werden es nicht glauben, wenn Sie es nicht selber sehen.« Von dem Zweifel an seinen gesunden Sinnen, sagte Dr. Kappa, habe ihn gerettet, daß ihm doch nach einigen Augenblicken der Anruf des Freundes der Bekannten seiner Schwägerin Martina wieder eingefallen sei. Bemerkenswert sei gewesen, mit welcher stoischen Ruhe das Pferd im mörderischen Abendverkehr der Via Sant' Uffizio gestanden sei. Ein echter Noriker: silbergrau mit schwarzen Flecken, im übrigen habe es ihn an das mächtig-pralle Roß des Colleoni-Monumentes in Venedig erinnert.

Kurz darauf kamen die Carabinieri: es fügte sich, wie so vieles in Italien. Die Carabinieri kamen zu Pferd. Die Pferde schnupperten aneinander. Für die Carabinieri versank der ganze Verkehr zur Bedeutungslosigkeit. Sie hatten nur Augen für Mandi, einen hier nie gesehenen Noriker von gigantischen Ausmaßen. Die Carabinieri versuchten, mit Gelzer ein Gespräch anzufangen. Es gelang erst, als Dr. Kappa herunterkam. Gelzer konnte nicht Italienisch.

Dr. Kappa war in seinem Leben schon vor vielen Unterbringungsproblemen gestanden, vor dem, einen Reiter und sein Pferd zu versorgen, noch nicht. »Ich dachte zuerst«, sagte mir Kappa später, »daß es nicht schwer sein sollte. Für Gelzer: kein Problem. Und für Mandi dachte ich an eine Wiese.«

Aber nein: eher, sagte Gelzer, und tat noch so, als sei er ein wirklicher Pferdefreund, ließ noch nichts Böses ahnen, eher, sagte Gelzer, werde *er* auf der Wiese schlafen. Mandi müsse unbedingt einen Stall haben, anders würde er die Nacht nicht überleben. Man solle sich nicht dadurch täuschen lassen, daß Mandi so dick sei.

Die Carabinieri stiegen ab, auch Gelzer.

Dr. Kappa erklärte die Lage. Die Carabinieri hatten vollstes Verständnis, und nicht nur das: sie überstürzten nun ihre Hilfsbereitschaft. »Selbstverständlich«, sagte der ältere und vermutlich ranghöhere Carabiniere, »ist es eine Ehrenpflicht von Reiter zu Reiter, hier zu helfen. Sie brauchen sich keine Sorgen zu machen. Für diese Nacht wird – wie heißt der Brave, Schöne? – Mandi – aha: für diese Nacht wird Mandi in den Stallungen der Kaserne berittener Carabinieri Unterkunft finden. Und morgen werden wir ja weitersehen.«

Um Mandi die ungewohnte Strapaze eines Marsches durch den inzwischen seinem Höhepunkt (das heißt: dem täglichen Zusammenbruch) zustrebenden Feierabendverkehr zu ersparen, riefen die berittenen Carabinieri einen Pferdetransportwagen. (Auch berittene Carabinieri haben ein kleines Funkgerät dabei.) Der kam mit Blaulicht. Man lud Mandi, der zunächst ein wenig widerstrebte, ein, und dann fuhr der Wagen ab. *Cordialmente* salutierten die Berittenen, Dr. Kappa dankte und bat seine Sekretärin, die goldgelben Pferdeäpfel Mandis in die Aschentonne zu kehren.

Am nächsten Tag in aller Früh ging für Dr. Kappa das Telephonieren an. In Rom kommt es naturgemäß oft auf die geistlichen Kanäle an, selbst wenn es sich um ein Pferd handelt. Es war kein geringerer als Monsignore Z., der Untersekretär der »Congregatio pro Doctrina Fidei«, der

Dr. Kappa den Tip gab. (Die Glaubenscongregation sitzt ja gleich gegenüber, Dr. Kappa könnte von seinem Fenster aus Monsignore Z. Zeichen machen, wenn er wollte.) Die Oblatinnen vom Heiligen Norbert vom Kreuz in der Via del Podere Buccardi, weit draußen im Nordwesten, fast an der Circonvalazione Settentrionale hatten früher Pferde gehabt, jetzt nicht mehr. Dr. Kappa telephonierte mit der Schwester Oberin. Lieber wäre es ihr gewesen, habe die Oberin gesagt, erzählte mir Dr. Kappa, wenn es sich um eine Stute gehandelt hätte, aber in Anbetracht dessen, daß der verlassene Stall sich nicht innerhalb der Clausur befände, sei sie bereit, Mandi für ein paar Tage unterzubringen, »zumal es sich um ein Pilgerpferd handelt«. Kappa hatte selbstverständlich die sozusagen fromme Seite von Gelzers Romritt gebührend herausgestrichen. Die Carabinieri beförderten am Nachmittag Mandi wieder im Pferdeanhänger quer durch die Stadt und lieferten ihn bei den Nonnen ab. »Übrigens«, sagte Dr. Kappa, »sowas gibt es auch wieder nur in Italien, verlangten die Carabinieri für ihre Mühe und Kosten gar nichts.«

Gelzer war draußen im Kloster in der Via del Podere Buccardi und unterwies eine der Nonnen, eine jüngere, darin, wie Mandi zu füttern und zu pflegen sei.

»Machen Sie sich keine Sorgen«, sagt die Nonne auf englisch (das verstand Gelzer), »ich bin als junges Mädchen in meinem weltlichen Leben selber geritten«, und sie tätschelte Mandis Hals.

Und damit verschwand Gelzer. Er besuchte nur noch einmal Dr. Kappa kurz in dessen Büro und jammerte, daß er kein Geld für den Rückritt mehr habe. Das heißt: eigentlich wolle er zurück gar nicht mehr reiten, sondern das Pferd mit der Bahn transportieren lassen. Er habe nicht gewußt, daß er an der Grenze für Mandi eine Million Lire Caution zur Garantie der Wiederausfuhr hinterlegen müsse. Das Geld, sagte Gelzer, werde sofort frei, wenn er mit Mandi die Grenze in umgekehrter Richtung wieder überschreite, aber es fehle ihm jetzt, um den Transport zu finanzieren. Der engelgleich gutmütige Dr. Kappa – dessen Langmut in der Sache noch reichlich strapaziert werden sollte – lieh Gelzer die Million. Damit verschwand Gelzer.

Die Nonnen fütterten das Pferd. Mandi ging es gut, aber er litt seelisch. Ab und zu führte ihn die Nonne, die früher geritten war, ein paar Runden durch den Klostergarten. »Eigentlich«, sagte die Nonne zur Oberin, »muß man ihn ausreiten.«

»Und sonst fehlt Ihnen nichts?« bellte die Oberin. Sie rief nach zwei Tagen Dr. Kappa an. Sie rief nach weiteren zwei Tagen bei Kappa an. (Das alles erfuhr ich noch später, als ich im Herbst drauf wieder nach Rom kam.) Dann am nächsten Tag. Von da an zweimal am Tag. Dr. Kappa bekam schon leichte Anwandlungen von Schüttellähmung, wenn bei ihm das Telephon läutete. Die Oberin jammerte zunächst, dann weinte sie, dann drohte sie. Dr. Kappa rief in Kärnten bei seiner Schwägerin Martina an, dann bei deren Bekannten, dann bei deren Freund Udo. Keiner wußte etwas. Gelzer war, wie Udo sich ausdrückte, »abgängig«. Dr. Kappa sah sich plötzlich mit einem Pferd behaftet, das so groß war wie das des Colleoni von Verrocchio. Es verfolgte ihn in die Träume. Dr. Kappa fuhr hinaus ins Kloster, sprach mit der Oberin, erklärte ihr den Sachverhalt, das Verschwinden Gelzers, daß er, Kappa, eigentlich zu dem Pferd komme wie – zunächst wollte er »wie die Jungfrau zum Kind« sagen, wich aber dann in Anbetracht der ohnehin gereizten Oberin auf »wie Pontius ins Credo« aus.

»Das ist mir völlig gleichgültig, Dottore«, sagte die Oberin, »das müssen Sie verstehen. Wir sind kein Reitstall, und Sie sind derjenige, an den wir uns halten können. Wenn nicht binnen zwei Tagen das Pferd abgeholt wird, geben wir es dem Metzger. Der hat sich ohnedies schon dafür interessiert. Für Salami.«

Mandi richtete seine großen, dunklen Augen auf Dr. Kappa. Der seufzte, ging und begann wieder zu telephonieren.

Diesmal dauerte es länger. Das neue Quartier für Mandi fand Dr. Kappa durch Vermittlung einer anderen wichtigen römischen Komponente: der Aristokratie. Die Contessa B. kannte einen Chirurgen, der drei Töchter hatte, die aber alle in den letzten Jahren geheiratet hatten und ausgezogen waren. Alle drei Chirurgen-Töchter waren geritten, was den Chirurgen eine Masse Geld gekostet hatte. Sobald die letzte Tochter unter der Haube gewesen war, hatte der Chirurg das Pferd aufatmend verkauft. Der Stall stand leer. Die Contessa B. war die engste Freundin der Chirurgengattin und außerdem Präsidentin des Tierschutzvereins. Sie überzeugte die Chirurgengattin, daß sie Mandi für ein paar Tage ins Haus nehmen müsse. Das Haus – eine fashionable Villa – stand, wunderbar idyllisch gelegen, draußen im Süden in Cisterna, einer Gegend, für Pferde gemacht. Mandi, meinte die Gräfin, müsse sich fühlen wie im Paradies. Den Transport übernahmen wieder die Carabinieri. Die Chirurgengattin erschrak etwas über Mandis Größe. Mandi fühlte sich *nicht* wie im Paradies.

Gelzer blieb verschwunden. Kappa schrieb, telegraphierte, telephonierte. Es stellten sich Dinge heraus, die man besser vorher hätte wissen sollen: Gelzer betrieb einen Bier- und Schnapskiosk gegenüber dem Bahnhof von Villach. Trotz der glänzenden Lage des Kioskes war Gelzer mit seinem Unternehmen in Zahlungsschwierigkeiten geraten. Konkurs drohte. War der Ritt Gelzers nach Rom gar keine Tat vaterländischer Frömmigkeit gewesen, vielmehr ein Trick, das wertvolle Tier dem Zugriff der Gläubiger zu entziehen? Mandi kümmerte das nicht. Er war unglücklich. Er wurde krank. Zunächst versuchte der Chirurg selber, Mandi zu behandeln, aber entweder war das medizinische Fach doch zu stark abweichend, oder der Chirurg war überhaupt nicht sehr geschickt: Mandi siechte dahin. Er fraß nichts mehr und wurde aggressiv. Nur um ein Haar entging der Chirurg einem jähen Hufschlag. Nach vierzehn Tagen kam die tierliebende Gräfin zu Dr. Kappa und weinte: »Sie lassen ihn verwursten. Der

Professore ist mit seinen Nerven am Ende. Seine Frau weint beim geringsten Anlaß. Mandi wiehert wie beim Weltuntergang. Außerdem hat er schon die eine Wand vom Stall durchgetreten. Offenbar ziemlich mistig gebaut, was ich, nebenbei gesagt, schon immer vermutet habe. Dottore! Retten Sie Mandi!!«

Die Rettung kam buchstäblich in letzter Minute. Das Chirurgenehepaar hatte schon eine Anzahlung von einem Salamifabrikanten entgegengenommen, da hatte Dr. Kappa den glänzenden Einfall, den *österreichischen* Tierschutzverein zu unterrichten. Vielleicht wäre der Effekt ähnlich gewesen, wenn es sich bei Mandi nur um ein sozusagen gewöhnliches Pferd gehandelt hätte, so aber, da es noch dazu ein *Noriker* war, gellte ein Aufschrei durch die Kärntner Alpen, zerriß die Luft von – sagen wir – der Koralpe bis zum Mölltal, breitete sich wellenartig aus, durchfuhr alle Zeitungen und ließ die Gemüter aller tierliebenden Menschen erbeben. Die Spende, die den weitesten Weg zurücklegte, kam aus Wellington in Neu-Seeland.

»Ich konnte«, sagte mir Dr. Kappa, während wir wieder einmal in der Bar Sant' Eustachio standen und im spätabendlichen Gewühl einen caffè speciale tranken, »Mandi beim Salamisten auslösen, konnte den Stall des Chirurgenehepaars wieder aufrichten lassen, die Tierarztrechnung zahlen und den Heimtransport Mandis finanzieren. Wenigstens hat eins gestimmt: Gelzer hatte wirklich die Million Lire beim Zoll hinterlegt, die nach einigem Hin und Her mir ausbezahlt wurde.«

»So fügt sich alles«, sagte ich.

»Ja«, sagte Dr. Kappa.

»Und Gelzer?« fragte ich.

»Von dem hat man bis heute nie mehr etwas gehört. Vielleicht ist er derjenige, der die Spende aus Neu-Seeland überwiesen hat. Aus schlechtem Gewissen.«

Ein Vortrag über Eugenio Montale

Ich hatte nicht vor hinzugehen. Ich sitze lieber im Caffè Greco und schaue die Leute an. Um halb neun Uhr schließt das Caffè Greco, dann gehe ich zur Campana oder ins Piccola Roma oder zu Fortunato und noch in die Bar Sant' Eustachio. Die Bar Sant' Eustachio ist von zehn Uhr ab brechend voll, Sitzplätze gibt es ohnedies nicht, das müde Mädchen an der Kasse, immer in hellen Kleidern und mit einem zu langen Gesicht, gibt einem den Bon; dann kämpft man sich hinüber und ordert bei den hektischen Kellnern in blitzblauen Hemden mit kanariengelben Schulterklappen (der seltsamste Kellnerdress in ganz Rom) einen caffè speciale oder was man halt will. Da die meisten Einheimischen in der Regel kleiner sind als ich bin, kann ich auch in der Bar Sant' Eustachio die Leute beobachten, selbst wenn das Gedränge so groß ist, daß man schon gar nicht mehr richtig einatmen kann. Was für ein Unterschied zum Caffè Greco. Aber dessen soignierte Atmosphäre mit den Kellnern im Frack kennt jeder. Die ist tausendmal beschrieben worden.

Das wollte ich alles nicht erzählen. Dr. Kappa, der schon zwanzig Jahre hier lebt, das ist derjenige mit der Geschichte von Gelzers Pferd, was aber eine ganz andere Geschichte ist, Dr. Kappa also hat mir die Einladung gegeben. »Vielleicht interessiert Sie das«, hat er gesagt, »ein Professor spricht über Eugenio Montale. Ich glaube: mit Lichtbildern.« Ich kann gar nicht so gut italienisch, daß ich einem Vortrag über Eugenio Montale folgen könnte. Ich kann zwar soweit italienisch, daß ich folgen kann, wenn der legendäre Kellner Nr. 1 im Caffè Greco etwas von dem Japaner erzählt, der gestern Capuccino mit Himbeersaft getrunken hat, aber ein Vortrag über Eugenio Montale übersteigt meine Fähigkeiten, zumal wenn ihn ein Professor hält. »Das verstehen Sie doch«, sagte Dr. Kappa, »und außerdem, bedenken Sie: die Lichtbilder.« Es war eine halb private, halb öffentliche Veranstaltung. Privat daran war, daß sie in einer großen Wohnung in einem Haus an der Piazza Farnese stattfand, in einem Palazzo, kann man schon sagen, im Piano Nobile, gegenüber dem großartigen Palazzo Farnese, beste Adresse also, aber Privatwohnung. Öffentlich an der Veranstaltung war, daß sich die meisten Leute gegenseitig nicht kannten. Ich reimte mir zusammen: der Professor, ein anerkannter Spezialist betreffend Eugenio Montale, lehrte an der Universität Bologna, kann auch sein Padua. Er war jetzt in den Semesterferien für ein paar Wochen hier und wollte liebend gern seine Kenntnisse dem hiesigen Publikum ausbreiten. Frau Alvison ergriff die Gelegenheit. Frau Alvison war eine geborene Gräfin P., hatte kurz nach dem Krieg einen zwar reichen aber bürgerlichen Argentinier geheiratet, der so um 1960 herum mit einer Alitalia-Stewardeß durchging, wie man früher gesagt hätte. Das heißt: Señor Alvison zog aus dem Palazzo P. an der Piazza Farnese aus und nahm sich ein nobles Appartement in der Via Sistina, wo dann die Stewardeß als Hausfrau herrschte. Geschieden werden konnte Señor Alvison nicht, weil es damals in Italien noch keine Scheidung gab. Als fünfzehn Jahre später die liberalen und linken Parteien das langersehnte Scheidungsgesetz einführten und die Ehe Alvison geschieden wurde, erlebte Frau Alvison, geborene Contessina P., den Triumph, daß der Argentinier nicht die inzwischen etwas verblühte Stewardeß heiratete, sondern eine sehr junge Tauchlehrerin, eine Halb-Indonesierin, die er im Urlaub auf den Malediven kennengelernt hatte.

Signora Alvison hatte mehrere Kinder, die alle aus dem Haus waren, und seit längerer Zeit schon widmete sie sich kulturellen Dingen. Sie protegierte – in allen Ehren, versteht sich – junge Maler oder Bildhauer, veranstaltete in ihrem Salon kleine Konzerte, und wenn, wie jetzt, ein bedeutender Kenner des Werkes von Eugenio Montale einen Vortrag halten will, greift Signora Alvison zu.

125

Ich wollte, wie gesagt, eigentlich nicht hingehen. Aber Dr. Kappa drückte mir die Einladung in die Hand – eine sehr feine Karte im Prägedruck – und sagte: »Und wenn Sie auch nichts von dem Vortrag verstehen: Sie werden einen Haufen komischer Leute sehen. Wenn Sie doch nicht hingehen, werfen Sie halt die Karte weg.« Ich warf die Karte nicht weg, und ich ging hin, weil es mich dann doch reizte, einen altadeligen Salon von innen zu sehen, und beschloß, mich ganz hinten an den Rand in die Nähe der Türe zu setzen, damit ich bald wieder unauffällig verschwinden könnte. Das sollte mir, um das vorwegzunehmen, nicht gelingen.

Gegen den großflächigen Quaderbau des Palazzo Farnese, der ja den Platz überwölbt, wirkt der Palazzo P. auf der anderen Seite nur wie ein mittleres Haus. An jeder anderen Stelle hätte er ganz andere Wirkung gezeitigt. Immerhin aber trat der Effekt ein, daß man, wenn man unten das Stiegenhaus betrat, staunte, wie groß es war. Der Palazzo war natürlich längst in Wohnungen aufgeteilt. Oben wohnte eine Tante von Frau Alvison, seitlich ein Neffe, mehrere Wohnungen waren an andere Leute vermietet. Frau Alvison selber hatte sich den ersten Stock zurückbehalten. Schon im Vorzimmer war klar, daß die Grafen P. zum Schwarzen Adel gehörten: auf Konsolen stand eine wohl lückenlose Reihe von Papstphotographien in Silberrahmen von Gregor XVI. herauf bis zum gegenwärtigen Papst, alle mit persönlichen Widmungen und Segenswünschen an verschiedene Mitglieder der Familie. Die entsprechenden Widmungsphotographien der savoyardischen Könige (in Holzrähmchen) standen eher mikrig dahinter.

»Oh –« rief Frau Alvison, als ich ihr gemeldet wurde, »– der Freund meines lieben, alten Dottore Kappa...« Sie ergriff mit zwei Händen meine Rechte und führte mich in den Salon, wo schon das Gespräch brodelte. »Nein, nein, Ingeniere, Sie setzen sich natürlich nicht in das finstere Eck da – ich bitte Sie – ein Gast aus Deutschland! Wollen Sie neben Seiner Eminenz Platz nehmen?« Ich konnte sie dann auf die zweite Reihe herunterhandeln und saß nur neben zwei Monsignori. Eine vorzeitige Flucht, wurde mir klar, war jetzt ausgeschlossen.

Ohne Zweifel war Eugenio Montale eine der bedeutendsten Gestalten der italienischen Literatur dieses Jahrhunderts. Ich erfuhr: 1896 in Genua geboren, ursprünglich Journalist, in der faschistischen Zeit (eine innere Emigration?) Direktor einer Bibliothek, nach dem Krieg wieder als Journalist tätig, Redakteur beim *Corriere della Sera*, 1967 Senator auf Lebenszeit, 1975 Nobelpreis, gestorben 1981 in Mailand. Er übersetzte Shakespeare, T. S. Eliot, Herman Melville und John Steinbeck ins Italienische, und seine eigenen Gedichte sind dem Hermetismus und dem Symbolismus zuzuzählen.

Was die moderne Lyrik anbetrifft, selbst wenn sie nicht dem Hermetismus oder dem Symbolismus zuzuzählen ist, so reiße ich mir, milde gesagt, höchstens vier, fünf Beine aus, um bei den ersten zu sein, die den neuesten Gedichtband in Händen haben, vier, fünf Beine; mehr nicht. Ob die Diapositive, die der Professor zeigte, auch dem Symbolismus oder gar dem Hermetismus zuzuzählen waren, entzieht sich meiner Kenntnis. Für meinen Begriff waren sie blaustichig. Sie zeigten nacheinander Eugenio Montale in verschiedenen Altersstufen, das Geburtshaus (oder jedenfalls ein Haus in der Nähe seines Geburtshauses), die Nobelpreisüberreichung, das Grab und mehrfach einen unsymmetrisch ausladenden Baum an einer Wegkreuzung in einer flachen Gegend, der – wenn ich den dazugehörigen Text richtig verstanden habe – in Montales Leben und Werk eine bedeutende Rolle gespielt hat. Unter dem Baum hat sich Montale verlobt – aber dafür verbürge ich mich nicht.

Ich möchte mich nicht gerade als einen literarischen Banausen hinstellen. So unbescheiden bin ich schon, um zu sagen: wenn der Vortrag auf deutsch oder zwar auf italienisch, aber deutlich langsamer gehalten worden wäre, hätte ich schon versucht, in seine Gedankengänge einzudringen. Vielleicht hätten sich mir Eugenio Montale und sogar der Hermetismus und der Symbolismus erschlossen, wenigstens nach und nach. So aber wird man mir verzeihen, wenn nicht nur meine Gedanken, sondern auch meine Blicke abschweiften.

Seitlich rechts vor mir in der ersten Reihe saß eine blonde Dame von außerordentlicher Schönheit. Sie war mir schon aufgefallen, als ich den Raum betreten hatte: erstens wegen ihrer Schönheit und zweitens, weil sie ein Bein in Gips hatte. Sie ging auf zwei Krücken und sah aus wie eine erfolgreiche Ballerina, die sich mit fünfunddreißig Jahren von der Bühne zurückgezogen und den monopolistischen Hersteller aller – ich greife irgend etwas heraus – in Italien verwendeten Eisenbahnoberleitungen geheiratet hatte. (Um auf keine falsche Fährte zu locken: mich hatte die schöne Dame keines Blickes gewürdigt. Ich sah sie auch nach diesem Abend nie wieder.) Das Bein, das war aus ihren Bewegungen und Gesten klar, hatte sie sich bei einer äußerst fashionablen Gelegenheit gebrochen. Vielleicht, weil das Deck der Yacht wieder einmal zu heftig gewienert worden war, oder beim Kamel-Polo.

Neben der Dame saß ein Mann, wie man ihn selbst in Rom nicht alle Tage sieht. Der Ausdruck »sportlich-intellektuell« umreißt sein Erscheinungsbild nur ungefähr. Seine Haare hatten den Glanz von ganz kostbarem Queen Anne-Silbergeschirr. Die Pracht war nicht frisiert, sondern stilisiert. »Gestylt«, sagt man wohl in solchen Fällen. Lebende Exemplare dieser Art sind höchst selten, Abbildungen davon sieht man auf großflächigen Werbephotographien in teuren Friseurläden. Wahrscheinlich ging der Mensch nicht jeden Tag, sondern jeden Tag zweimal zum Friseur. Sein Friseur kannte jedes einzelne seiner Haare beim Namen. »Der böse, böse Archibald-Theodosius an der linken Schläfe ist aber heute widerspenstig – widerspenstig.« Dabei aber auch, wie gesagt, intellektuell. Ich

könnte mir vorstellen: Sohn einer amerikanischen Millio-
närin und eines Grafen aus wirklich alter Familie. Eine
Zeitlang Testfahrer bei Lamborghini gewesen. Duzfreund
von Fellini, Mitglied der Kommunistischen Partei, Präsi-
dent des Golfclubs Lazio, schreibt neuerdings über Öko-
logie.

Er war, das war mir nicht entgangen, nicht mit der ehemaligen Ballerina auf Krücken gekommen, sondern mit einer anderen Dame, einer eher verblühten Frau mit einem
Schleierhütchen in Cardinal-Scharlach, die sich ganz hinten neben einer hüfthohen Bodenvase auf einen farblich zu
ihrem Hut passenden Stuhl gesetzt hatte.

Fellinis Duzfreund flüsterte mit der Ballerina über seine
Garderobe. Ich verstand nicht alles, aber ich verstand genug: er hatte sich unlängst bei einem Schneider in der Via
del Collegio Romano einen Smoking für eine Privatau-
dienz beim Papst machen lassen. Soviel schnappte ich auf;
sie sprachen gepflegtes Italienisch, kein Romanesco und
außerdem vornehm-melancholisch und daher nicht zu
schnell. Danach war Fellinis Duzfreund bei einem schotti-
schen Herzog zur Fuchsjagd eingeladen gewesen. Selbstverständlich hatte er sich dazu auch einen eigenen, passenden Anzug machen lassen. Jetzt bewegte ihn offensichtlich
ein tiefgreifendes Bekleidungsproblem. Das verstand ich
zwar nicht, aber ich vermutete: was macht er, wenn er vom
Papst zu einer Fuchsjagd eingeladen ist?

Wieviel Gesten, Fingerzeige und der bloße Tonfall einer
Sprache, auch wenn man sie nicht oder nur unvollkommen
versteht, verraten, erkennt man erst, wenn man so wie ich
hier mitten in einer ganz fremden Gesellschaft sitzt. Ich
brauchte nichts zu verstehen, ich wußte, daß dieser silber-
lockige Kleiderständer, den ich kürzelhaft als Duzfreund
Fellinis apostrophiert habe (ohne damit Fellini zu nahe
treten zu wollen), nicht mit der Ballerina, sondern mit der
Dame im cardinalfarbenen Hütchen da hinten verheiratet
war. Ich erkannte mehr: der Herr und die Ballerina hatten
sich schon vorher gekannt, aber nicht sehr gut. Nur flüch-

tig. So, wie sie miteinander redeten, redet man nicht, wenn
man sich öfters sieht. Solche Handbewegungen macht man
nicht, wenn man schon einmal miteinander geschlafen hat.
Solche Handbewegungen macht man aber, wenn derlei für
die Zukunft nicht ausgeschlossen ist. Dabei, das war völlig
klar, ging die Initiative von der Ballerina aus. Vielleicht
hätte einer, der genau verstanden hätte, was sie sprachen,
das gar nicht bemerkt. Erst die Reduzierung auf das quasi
Pantomimische entlarvte den Vorgang.

Der Vortrag war zu Ende. Zum Schluß hatte der Professor
noch einmal das Bild des unsymmetrisch weitausladenden
Baumes gezeigt. Was er nun dazu sagte, ließ mich daran
zweifeln, daß sich Eugenio Montale unter diesem Baum
verlobt hatte. Möglicherweise hatte er dort nur »I pro-
messi sposi« gelesen.

Die Hausfrau bat zu einem – wie sich herausstellte: eher
kargen – Buffet.

Ganz hinten stand, an einen Türstock gelehnt, Doktor
Kappa.

»Ich bin doch noch gekommen«, sagte er, »wie war der
Vortrag? Ich habe nur die letzten paar Minuten mitange-
hört.«

»Wahrscheinlich sehr interessant«, sagte ich, »ich weiß
jetzt, daß Eugenio Montale dem Symbolismus, wenn nicht
gar dem Hermetismus zuzurechnen ist.«

»Wie aufregend«, sagte Doktor Kappa, »wollen Sie im
Ernst diesem aristokratischen Buffet zusprechen? Warten
Sie einen Moment, ich sage nur schnell der Hausfrau guten
Abend, und dann gehen wir in die Campana.«

Doktor Kappa kannte natürlich alle drei, die ich beobachtet hatte. Die Ballerina war keine Ballerina, sondern eine
von drei Schwestern, die, obwohl miteinander bis aufs
Messer zerstritten, eines der erfolgreichsten Häuser für
modische Bekleidung in der Via Frattina führten. Sie hieß
Agnese, war dreimal verheiratet gewesen und galt, so

Doktor Kappa, »als das Schärfste, was derzeit in Rom in ihren Kreisen herumläuft«. Der Duzfreund Fellinis war auch kein Duzfreund Fellinis, sondern ein prominenter Journalist und Kulturredakteur einer großen Tageszeitung und gefürchteter Kommentator im Fernsehen. Daß er Mitglied der PCI war, das hatte ich allerdings richtig geraten. Die Dame mit dem Hütchen in Cardinalsscharlach war wirklich seine Frau. Sie sei, sagte Doktor Kappa, so vornehm, daß es schon schier unaussprechlich sei. Sie sei eine geborene Marchesa De Rejs und stamme mütterlicherseits aus einer Familie, die vier canonisch und zwei nicht-canonisch gewählte Päpste aufzuweisen habe, dazu eine heilige Nonne im dreizehnten Jahrhundert und zwei, wenngleich unlängst aus dem Kalender gestrichene, Märtyrer aus der Zeit Diocletians.

»Daß sie, deren Familie es zum Beispiel einmal ablehnte, vom österreichischen Kaiser empfangen zu werden, weil ihr dessen Adel zu jung erschien, einen bürgerlichen Journalisten heiratete, wurde seinerzeit allgemein auf eine durch seine Schönheit bewirkte erotische Verwirrung zurückgeführt. Dabei hatte er damals noch keine silbernen, sondern ordinäre schwarze Haare.«

Die Sache hatte ein Nachspiel, das sie erst erzählenswert macht. Die Nachricht von dem Nachspiel erreichte mich auf indirektem Weg. Eigentlich hätte mich, der ich nicht in Rom lebe, und den römischer Gesellschaftsklatsch nicht zu bekümmern hat, diese Nachricht überhaupt nicht erreichen sollen. Aber die Weltläufe begnaden oft einen, der es nicht verdient hat, und immerhin bin ich soweit mit Rom verbunden, als ich Doktor Kappa kenne, den ich ungefähr eine Woche nach dem Abend mit dem Vortrag über Eugenio Montale wieder traf. Wir aßen diesmal bei »Pierdonati« in der Via della Conziliazione.

»Der Flirt Agneses mit dem Journalisten«, sagte Doktor Kappa, »ist auch von anderen nicht unbemerkt geblieben. Besonders Signora Alvison hat sich furchtbar erregt, schon weil die zwei während des ganzen Vortrages so getuschelt haben. Der Professor sei, hat sie mir gestern gesagt, sehr befremdet gewesen. Aber vor allem hat man es als äußerst ungehörig betrachtet, daß diese nymphomanische Person in Gegenwart seiner Ehefrau –«

»– die noch dazu ein Hütchen in Cardinalsscharlach trägt –«

»– in einer derart unzweideutigen Weise redete. Frau Alvison gebraucht nicht gern so starke Ausdrücke, aber in dem Fall hat sie gesagt: sie habe den Eindruck gehabt, es habe nicht viel gefehlt, und Agnese hätte sich – zwar nicht gerade vor versammelter Gesellschaft, aber im Nebenzimmer – auf den Teppich gelegt, woran sie, meinte Signora Alvison, auch ihr Gipsbein nicht gehindert hätte. Außerdem habe sie sie auf der Toilette überrascht, wo sie gerade ihren Rock hochgezogen hatte, um ihre Bluse darunter straff zu ziehen, und dabei sei zu sehen gewesen, daß diese Person zwar – nahezu unaussprechlich, Signora Alvison schluckte dreimal, bevor sie es mir berichtete – Strümpfe und Strapse getragen habe... nein: Strapse und einen Strumpf. Am anderen Bein war ja der Gips. Aber sonst nichts. Kein Höschen. Nichts. Agnese habe den erstaunten Blick Frau Alvisons gesehen und gesagt: zu dumm. Über das Gipsbein läßt sich kein Höschen ziehen. Was natürlich eine Ausrede ist. Und so wie die Dinge lägen, habe sie das dem Ugo (so hieß der silbermähnige Journalist) keineswegs verschwiegen. Im Gegenteil.«

»Also ein Skandal«, sagte ich.

»Alle, sagte Frau Alvison, hätten darauf gelauert, wie es Ugo anstellen würde, seine Frau heimzuschicken, um mit Agnese abzuschieben – sofern man bei so vornehmen Menschen einen solchen Ausdruck gebrauchen darf. Es gelang ihm leichter als erwartet, das heißt: es ergab sich, denn die geborene Marchesa De Rejs verabschiedete sich plötzlich, gab ihrem Mann einen Kuß, wünschte ihm einen schönen Abend und verschwand. Und zu aller Erstaunen kurz danach auch Agnese – und zwar allein. Ohne Ugo.

Ugo saß noch ewig im Salon von Frau Alvison herum, trank allen Wodka aus (man trinkt derzeit Wodka in besseren Kreisen hier) und ließ sich dann vom Conte Lancelotti, einem Angehörigen des päpstlichen Haushaltes, dessen Äußerungen über jeden Zweifel erhaben sind, nach Hause bringen. Nicht zu Agnese: nein, nach Hause.

Was Agnese veranlaßt hatte, plötzlich die kalte Schulter zu zeigen? Das weiß bis heute niemand. Hatte sie es von vornherein nur darauf abgesehen gehabt auszuprobieren, wie weit sie den Ugo kriegt? Oder hat sie bemerkt, daß nach dem ostentativen Aufbruch von Ugos Frau die ganze Sache praktisch offenkundig war? Wie gesagt, man weiß es nicht.

Aber am nächsten Tag – es machte die Runde und wurde unter der Hand in der ganzen Gesellschaft weitererzählt, ging ohne Zweifel – von wem sonst? – von Agnese selber aus – am nächsten Tag erschien die von verhaltener Wut bebende Frau Ugos, die geborene Marchesa De Rejs, Urgroßnichte zahlloser Päpste, Kardinäle und Heiliger, vor Agneses Tür. Ihr Auge flammte ungefähr so – ich weiß es natürlich nicht, war nicht dabei, aber man hat es sich so vorzustellen – ungefähr so wie das Papst Gregors VII. auf der Fastensynode im Jahre 1076, als er die Exkommunikation und Absetzung des Kaisers über die Alpen schleuderte.

Sie sei, erzählte Agnese, ihr Gipsbein auf ein Regence-Sofa gelegt, gerade damit beschäftigt gewesen, das eben eingetroffene Monatshoroskop aus dem, wenn man so sagen kann, Atelier des derzeitigen Vorzugsastrologen zu studieren – Professor Castucci-Castelmucci heißt er, wohnt in der Via Gregoriana, beste Adresse – und mit den Börsennachrichten zu vergleichen. Der Besuch sei ihr also höchst ungelegen gekommen, dennoch habe sie die Marchesa hereinbitten lassen. Die habe nur gefaucht, nicht einmal den Mantel abgelegt und mit ihrer großen Handtasche zweifellos absichtlich eine Glasvase, ein Unikat aus der Werkstatt Livio Terzerolis, der derzeit für alle arbeitet, die was auf sich halten, von der Konsole geschleudert. Die Terzeroli-Vase sei in tausend Scherben zersprungen, aber die Marchesa habe getan, als bemerke sie das gar nicht, habe den angebotenen Sitzplatz ausgeschlagen und sei mit einem Feuerwerk an Vorwürfen über Agnese hergefallen.

›Aber was wollen Sie?!‹ habe Agnese gesagt, als die Marchesa eine Pause machte, um Luft zu holen, ›es ist doch gar nichts passiert zwischen Ihrem Mann und mir?!‹

›Eben! eben!‹ habe die Marchesa geschrien, ›erst machen Sie ihn mir heiß, und dann lassen Sie ihn stehen, und wer hat dann den Salat? Ich. Das nächste Mal, bitte ich mir aus, löffeln Sie die Suppe selber aus, die Sie ihm eingebrockt haben. Und überlassen das nicht mir. Ich bin eine anständige Frau. Was bin ich Ihnen für die geschmacklose Vase schuldig?‹

›Zwei Millionen Lire‹, erzählt Agnese, habe sie gesagt, ganz verdattert, was sie selten sei.

Die Marchesa haben einen Scheck ausgeschrieben und auf den Boden geworfen, dann sei sie grußlos hinaus. Den Scheck habe die Bank nicht eingelöst, weil die Unterschrift so fahrig und nicht anzuerkennen gewesen sei. Agnese habe dann die Sache auf sich beruhen lassen.«

Mein letzter Tag in Rom war gekommen. Ich hatte meine Koffer schon gepackt. Es war noch Zeit für einen Spaziergang. Ich wanderte vom Capitol aus zu einem meiner Lieblingsplätze: dem Schildkrötenbrunnen auf der Piazza Mattei, kaufte in einer Metzgerei 200 Gramm faschiertes Fleisch, verfütterte es an die Katzen, die sich unten in den republikanischen Tempeln auf dem Largo Torre Argentina herumtrieben (man erzählt, das seien die Lieblingskatzen Anna Magnanis gewesen) und ging dann durch die Gassen, die sich dort hinziehen, wo das Theater des Pompejus gestanden hat, nach Sant' Andrea della Valle, um in der Kapelle, in der Cavaradossi im ersten Akt »Tosca« malt, meine Andacht zu verrichten. Als ich auf diesem Weg über die Piazza Farnese ging, trat gerade Signora Alvison aus dem Tor ihres Hauses, führte eine sehr alte, kleine Dame, die sich bei ihr eingehängt hatte und mit der anderen Hand sich auf einen zierlichen Stock mit einer winzigen Silberkrücke stützte. Die beiden strebten quer über den Platz in Richtung Santa Brigida.

Ich grüßte. Signora Alvison erkannte mich und sagte: »Buon giorno, come stà, Ingeniere?« Mit jedem, den man in Rom kennt, gehört man ein wenig mehr hierher. Zumindest bilde ich mir das ein. Nach meiner Andacht in Cavaradossis Kapelle ging ich ins Caffè Greco. Der Kellner schaute mich nur an, ich nickte, und er brachte mir einen caffè lungo. Bis zum nächsten Mal wird er mich aber leider wieder vergessen haben, und ich muß von vorn anfangen. Ich kenne Rom ganz gut; wird Rom eines Tages auch mich kennen?

HERBERT ROSENDORFER
DIE GOLDENEN HEILIGEN
ODER COLUMBUS ENTDECKT EUROPA

Roman

Leinen

Herbert Rosendorfer startet zu einer neuen Zeitreise, diesmal (nach den »Briefen in die chinesische Vergangenheit«) in die Zukunft. Außerirdische landen in Deutschland, und unaufhaltsam bricht die Zivilisation, unterwandert von der Heilssüchtigkeit der Menschen, zusammen.
Ein satirisches Welttheater, in dem Rosendorfers Fabulierkunst und grimmiger gesellschaftskritischer Witz einen neuen Höhepunkt erreichen.

KIEPENHEUER & WITSCH